阳光文库

苔花如米

单小花 —— 著

黄河出版传媒集团
阳光出版社

图书在版编目（CIP）数据

苔花如米 / 单小花著. -- 银川：阳光出版社，
2019.11
（阳光文库）
ISBN 978-7-5525-5116-7

Ⅰ.①苔… Ⅱ.①单… Ⅲ.①散文集 - 中国 - 当代
Ⅳ.①I267

中国版本图书馆CIP数据核字(2019)第250792号

苔花如米

单小花　著

责任编辑　冯中鹏
封面设计　晨　皓
责任印制　岳建宁

黄河出版传媒集团　阳　光　出　版　社　出版发行

出　版　人　薛文斌
地　　　址　宁夏银川市北京东路139号出版大厦（750001）
网　　　址　http://www.ygchbs.com
网上书店　http://shop129132959.taobao.com
电子信箱　yangguangchubanshe@163.com
邮购电话　0951-5014139
经　　　销　全国新华书店
印刷装订　宁夏凤鸣彩印广告有限公司
印刷委托书号　（宁）0015586

开　　本　720mm×980mm　1/16
印　　张　12
字　　数　100千字
版　　次　2019年11月第1版
印　　次　2019年11月第1次印刷
书　　号　ISBN 978-7-5525-5116-7
定　　价　36.00元

家乡土地上开出的文学之花

马金莲

单小花要出书了。

得到确切消息，让人感到说不出的高兴。

我眼前不由得闪现出小花姐那张总是洋溢着清澈笑容的脸，笑容背后有微微的腼腆，但要是再细细观察，还能看出掩藏在笑容深处的一抹悲愁。

小花姐不容易。

她本来是一位普通乡村妇女，在一个叫泉儿湾的地方过着西海固农村妇女常见的日子，种地、持家、拉扯孩子，早早晚晚，鸡零狗碎，在日复一日中消耗着自己的年华，有可能一辈子都这么过下去，但是有那么一天，她忽然下了决心，怀着忐忑的心情敲开了西吉文联办公室的门，有些莽撞地"闯"了进去，说她想写文学作品，想表达自己心里的苦！

当我们相识，并且稍微相熟以后，小花姐给我讲了她走上文学道路的历程，那是在一个文学培训活动的间隙，我们在楼道里聊天，那也是我第一次和小花姐说那么多的心底话。她说，我听，说完以后她仰头看酒店的天花板，我低头拿脚蹭着地面的瓷板。天花板和地面都是洁白的，我们的眼里都漾着泪花。我第一次知道了眼前这个女人的不容易，同时也仿佛看到了自己早年走过的那些艰辛岁月。

从这以后，我们成了文学上的伙伴，生活里的姐妹。不能见面的日子里，经常牵挂着彼此，如果偶尔有机会相逢，我们就叽叽呱呱说好多话，恨不能把没见面日子里的所有烦恼和幸福都拿出来和对方分享。

拿到小花姐的书稿后，我赶紧进行全部阅读。文稿全都是散文，从她写作这些年的所有作品里选取而出，有30篇之多。反复阅读，我发现这些作品基本上有一个共同的主题，就是写作者熟悉的乡村妇女，她们在婚姻、情感和人生道路上的各种挣扎和坎坷起落，可以说这是不少西吉乡村妇女的生活缩影，她们以朴素的理念，勤奋的精神，怀揣着对美好生活的追求和向往，在平凡的苦日子里挣扎，奋力活出一份珍贵的光明和幸福。

小花姐的散文篇幅都不长，其中有写人的，比如，《蒙丽娟》写一名叫蒙丽娟的手机店老板娘，一个年轻、时髦而平易近人又心肠不错的现代女性；《桃姐》写西吉女作家苏小桃，给我们展现了一位温婉、朴实、大方，从外到里都散发着书香的女作家形象；有些文章针砭时症，反应当下社会生活中的种种现象，或劝诫，或警醒，或讽刺，或赞美，或同情，比如，《难言之隐》反应手机耽误青少年读书和成长的普遍社会现象。《手机的温度》借一个卖手机的打工者之眼，看到一对乡村夫妻来买智能手机的情景，夫妻俩互相敬重、疼爱、体谅的行为通过最细微的对话和神态朴素地展现了出来，文章最后感慨"幸福不在于你拥有多少，只要拥有一颗宽容知足的心"。这样的情感，正是当下社会中最缺乏，和人们急切呼唤的。

《苦荞》以简练的笔法介绍了家乡的特产农作物苦荞，最后点睛：

"我喜欢苦荞，因为它给予我们不一样的人生体验，我爱苦荞，因为它让我懂得了一种独特的生活意蕴！"短短数语，让人眼前一亮，深深受教。《欢欢》写作者自己养过的一只狗，再现人狗之间在平凡日子里培养的温暖情感，描述中不乏精彩文笔，"欢欢身体瘦瘦的，毛色像松鼠，黑灰相间，摸上去像缎子一般光滑柔顺。两只眼睛向两边斜长着，眼珠子咕碌碌直转，仿佛两颗黑宝石。两只耳朵警觉地竖着，撅着柔软的小尾巴，总是无聊地四处嗅着，走起路来，四只爪子在地上画出一地的梅花。"文字简朴，却生动，看着这样的文字，让人禁不住莞尔轻笑，欢欢的形象跃然眼前。《父亲，请您等等我》写女儿对父亲的难舍难分，人间至亲骨肉的情分和难舍，读来让人感动至深。

《云姐》塑造了一个全新的乡村妇女形象。农村妇女云姐，不甘受命运摆布，自己奋力挣扎，从种地到进城陪读期间开办补课班，到后来做正规学校的雇佣教师，虽然是八百元工资，却让她活出了属于自己的尊严和追求。《揪毛桃》《打零工》《栽树》等记述的是小花姐在外讨生活的艰辛和不易，表现了普通女人生活里的酸甜苦辣。

《父亲和牛》写了一位西海固乡村男人和一头牛的故事，朴实，厚重，温暖，感人，深具打动人心的力量，尤其最后一句："父亲陪了牛一辈子，由于长年累月的辛苦，父亲的脸上也像他犁过的地一样，布满了深深的沟壑。父亲的身体也被艰辛的岁月弯成了一张弓。望着父亲的身躯，我突然明白，父亲就是我们家一头忠实而不知疲倦的牛。"是啊，西海固的大地上，那些老农们谁不是一头拉着生活的重犁负重行走的老牛！

《老太》是单小花最近的作品，也是她众多作品中趋向成熟的一个文本，从这个五千多字的散文中，我们可以看到她写作的水平有了质的提升，不论是语言文字上，还是叙述节奏和情感的把握上，都不愧是一篇很不错的作品。主人公老太，即"我的奶奶"，一个普通的西海固乡村回族妇女，身上具备着西海固妇女普通具备的诸如勤劳、善良、质朴、隐忍的品质，但同时也闪烁出她自己独有的个性，她聪慧、豁达、包容，在日常生活里处处闪烁出乡村智慧的光片。例如，有一次"我"碰见奶奶正在数鸡娃，这个大字不识一个的农村妇女，自然有她在生活当中积累的生存智慧，她说："你在呢，它在呢，毛腿子在呢，花背背在呢，长腿燕在呢，麻呱啦在呢……"这就是她数数的办法，这样的细节捕捉和文字描述，生动准确，形象入微，是从现实生活当中直接抓取而来的，透着鲜活味道，读来耐人寻味，让人不禁会心而笑；奶奶的善良也体现在日常生活小事当中，"每到麦黄六月的时候，奶奶的屋里就成了托儿所，她的炕上就挤满了娃娃，被筒里睡的、被子里围的、炕上爬的、地下站的，他们除了奶奶的孙子、重孙子，还有邻居家的娃娃们。"正是这样细碎平常的小故事、小情节，却具备着感人至深的大情感大胸怀。读着这样的文字，让人眼前不由得浮现出这位乡村妇女的形象，并对她普通而坚韧的百岁人生历程和所秉持坚守的为人之道肃然起敬。

还有几篇小散文，是小花姐参加文学活动的感受，可以看出她对文学的虔诚和认真，每一个看似平常的学习、培训机会，她都很珍视，认真地参与，然后写下自己的感受和收获。这样的态度，可能只有西海固的作家才有，我们确实是用生命来热爱文学的。

西吉这片平凡而神奇的土地，以宽广厚重的胸怀养育出一大批的作家，单小花也是这片土地哺育长大的女儿，在西吉的土地上开始文学写作，并且开花结果，现在集结成这本著作正式出版，这是一件不容易的事，更是值得欣喜的事，真心为小花姐高兴，希望她的文学道路越走越好。

目录/CONTENTS

（带★篇目为朗读篇目）

老 太

"老太"是我们村里人对奶奶的另一种称呼。

在我们村子里，数我奶奶的岁数大，因此，村子里不管是年长的还是年幼的人，一见了我奶奶都喊"老太"。"老太"被大家叫顺了，连我们家里也叫"老太"。

老太大个子，瓜子脸，单眼皮，小眼睛，三寸金莲。打我记事起，老太就是一头白发。她穿衣打扮与其他老年人不同，常常将头发梳在脑后，扎成一束，再别一枚簪子，然后将头发一圈一圈盘在簪子上，接着用一块长条状白布的一头搭在头上，另一头折叠后一圈一圈缠住头顶，最后在布头的末端拿别针别住。老太时常穿一件灰色的大襟上衣，纽扣是用缝好的布条挽成的，小巧别致，袖子和衣服是一通的（袖子与衣襟没有裁剪开）。裤子宽松，裤口常常用白布条裹住。每只脚前面只留大拇指，其余四个脚趾紧紧地挤在一起依次压在脚心，脚面宽，脚背凸起，这就是她三寸金莲的模样。听老太说，老古时（很久以前）女孩都逃不脱缠脚的劫难，六七岁时就要缠脚。因为过去评判一个女孩子以她脚的大小为标准，双脚能做到小、尖、软、巧，就是标准的漂亮媳妇。如果不缠脚，就算长得再漂亮，婆家也会嫌弃。老太脚上穿的鞋都是手工鞋，鞋的样子像耕地的铧，前面尖，后面渐宽。她个头高，脚小，走起路来摇摇摆摆，就像刚学走路的小孩子，又像要社火的高拐子，一颠一晃的，让人不由得为她担心。有个急事更让人着急，虽然脚步迈得很快，可速度就是赶不上。

记得小时候，我和老太走在一起时，老是等她。我走一截路，回头望望，笑着对她喊道："老太，走快点！"她微笑着点点头。等不到，我就一屁股坐在路畔等，只见她甩着胳膊，迈着小脚，喘着粗气走到我跟前，笑呵呵地说："小家伙，长大了哦，把我撇了那么远。""谁让您的脚那么小呢！"我撇着嘴抱怨，随后向她做了个鬼脸，蹦蹦跳跳地几步又迈在她的前头，我们渐渐又拉开了距离，最后，我折回去搀着她的胳膊，笑眯眯地说："您老走快点啥，急死人了！""唉！我这辈子走路快不了了，你头里走，我后头撵。"老太摇着头无奈地说。

老太生了六个儿女，三个男孩，三个女孩。我父亲是家里的老大。我能记事起，老太就跟二爸一起过，二爸那时是我们村上的支书，三天两头开会，家里的事情顾不上管，老太时常得帮二爸家干家务活。我们空闲时坐在一起谈论老太，还在时常调侃她，说当官的人，人人爱，连老太也偏心，老是护着当官的二爸。三爸是兄妹中是最小的，按当地的习惯来说，老太应住在三爸家才合理。她听到了我们的谈话，嘿嘿一笑，脸上的皱纹显得更深了。她眯缝着眼睛辩解道："手心手背都是我的肉。你二爸老是不在家，你二妈一个人忙不过来，我给她帮个手，没想到，你们对我还有意见了。呵呵呵！"老太说话期间，仰头笑起来，我们也随着她笑。

我父亲没有手艺，靠自己的力气维持生活。加之我们兄妹多，日子过得紧巴巴的。贫居闹市无人问，富在深山有远亲。我们家很少有人来，就连我几个姑姑也不常来。而与我家仅有一墙之隔的二爸家常常人来人往，大多是来求二爸办事的。二爸家来几次客人，二妈就做几回饭，因此，二妈家的烟囱眼一天到黑不停地冒烟。二妈家的烟囱和后窗正好对着我家院子。每当二妈做饭时，她家的房顶会升起袅袅炊烟，一股清油焰葱花的香味从后窗悠悠地溢出来，飘洒在我家院落，直钻我的鼻孔，惹得我肚子里的馋虫直往嗓子眼蹿。顿时，感觉痒痒的，就不停舔嘴唇咽唾沫。馋得挨不住的时候，就跑向二爸家假装借东西去蹭饭。起初，二妈不知道我是有备而来的，慷慨地给我舀了满满一大碗面条和鸡蛋汤。老家有一句俗话说：吃惯的野狐比狼利。后来，我三天两头向二妈家跑，时间一长，二妈就感到厌烦，看我的眼神也凉凉的。尤其是二妈家的几个孩子更不欢迎我，一看见我就翻白眼。还有二妈给我舀饭时，也不再舀满，而是半碗。我没吃够，端着空碗不放，二妈说锅里没饭了。老太听到，就将她碗里的饭拨进我的碗里，我才能吃个肚儿圆。每次我回家的时候，老太趁二妈一家不注意，将我叫到没人的角落，把好吃的偷偷塞进我的口袋，然后向我挤眼。我立马领会了她的意思，压住衣兜一蹦子跑回家。有时掏出来的是几颗水果糖，有时是一块酥软的面包。在那个缺吃少穿的年代，能吃上这些东西是罕见的，我一直舍不得吃，又怕哥哥姐姐发现向我要，我就钻在没人的角落，将东西捧在手里左看看，右看看，心想，如果天天能吃上这些东西，那是一件多么幸福的事啊！这样一想，我口水直流，就将糖的一端轻轻地剥开，拿在手里用舌尖慢慢地一下一下地舔。吃面包时，只咬一小口，然后一点一点地品尝。那是我一生中吃过的最甜的糖和最香的面包。再后来二妈家如果做好吃的，就拿棍把大门一顶。我推不开门二妈家的门，就像猫在老鼠洞前守的一样，只好在大门缝里贼眉贼眼地望一望，噘着嘴巴心灰意冷地回家。

我家邻居常常背支土枪去山林中打野兔。有一次他打中了两只，全提来送给二爸，正好被我撞了个满怀。那天我在二爸家整整守了一天，二爸的大女儿一个劲地撵我回家，我就是赖着不回去。为了讨好她，我就将一根新红头绳儿从兜里掏出来双手送给了她，还跟在她的屁股后面"姐姐，姐姐"地叫着。她立马换了笑脸，看到她上我的"当"了，我心里暗自高兴。二妈终于开始做兔肉啦！我就开始献殷勤，跑出去给她抱胡麻柴，一连抱了好几回。二妈脸一转，地上已堆满了柴火，立即向我摆手，示意不要抱了。我就蹲在灶火门前低头给二妈烧锅，隔一会儿伸长脖子向锅里望望。不一会儿，老太进来了，走过来在我头上抚摸了一把，面带微笑地说："奶奶不爱吃兔肉，我的一份留给你。"我笑着向她点头。兔肉做熟后，老太果然没吃，将她的一份全给了我，我端着香喷喷的兔肉兴高采烈地回家了。

一天，我们几个钻在老太的高房（农村二层土楼）炕上抓五子（玩五个石子），二爸家的大儿子盼盼手里捏着两张两块和两张一块的零钱，来到老太跟前换整钱。她揭起衣襟，在肚兜里摸了半天，掏出一个包着的手绢，一层层打开，一沓钱露出来。盼盼凑到老太跟前，咧嘴一笑，说："老太，我的四张换你的一张，您看行不行？"老太呲着牙嘿嘿一笑，说："一家子人有啥不能成的，你要哪张，拿去就行了。"盼盼笑嘻嘻地将奶奶手中的一张十元钱抽出来拿了。心想，老太太傻了，十块钱换了人家的六块钱，亏吃大了。盼盼分明是跑来占便宜的。好几次碰见盼盼向老太这样换钱，有时还搭着个借字，我从没见过他还过。老太从不吝啬，对孙子每次都有求必应。我想，老太是大家的，他们能在老太跟前随便拿钱，我为啥不能呢？后来，为了试探老太的心，我也跑去向她借钱，还时她摇头不要："奶奶黄土壅到半脖子了，拿着钱没用，你拿着买铅笔和本子吧！不要像奶奶一样，双手都不会画个'八'，来到世上白活了。"

一次，我碰见老太正在数鸡娃。"你在呢，它在呢，毛腿子在呢，花背背在呢，长腿燕在呢，麻呱啦在呢……"奶奶聚精会神地盯着那群鸡娃，嘴里不停地念叨着，并用手指头指着那些满院跑的小鸡。老鸡带着小鸡好像跟她玩捉迷藏似的，一会儿向右，一会儿向左，一会儿簇拥在一起，一会儿散开，老太就跟在鸡后面转圈圈，数了好一阵，她才停下脚步。"老太，一共有多少只鸡娃？"我盯着她的眼睛问。"多少只我不知道，反正够着呢！"她自信地说。"呵呵，您不会数数吧？"我眨巴着眼睛问。"会呢。"老太笑着回答我。回到家，我把我所看到的情景一一告诉了母亲，母亲说："虽然老太不会算数，认不得钱，但是她没丢过一样东西，之所以给你们多换钱，那是因为她心疼你们。"听了母亲的话，我半信半疑。

有一次，我去二爸家玩，隔窗望去，只见老太盘腿坐在离窗台很近的地方，聚精会神地捻线坨，腿中间搁着一堆像棉花一样白的羊毛，她揪住一撮羊毛慢慢地向外拉，用手指把不均匀的地方捋均匀，然后将线坨一捻，那线坨就飞快地转动起来，快得只有一束旋转的光晕。她乐呵呵地将捻好的线一圈一圈地缠在一起。二爸家的孩子正巧不在，我趁机悄悄地抓了一只二爸家的小鸡，蹑手蹑脚地回家了。心想：反正老太不会数数，她不会发现的，就算发现，也不会怪我的。我正在为自己的小聪明沾沾自喜，谁知，我家那只该死的老母鸡，狠狠地啄我偷来的小鸡，还用翅膀拍打，就连那群小鸡也来欺负，你扑过去啄一下，它扑过去挤一下，那只小鸡的眼睛都被啄得出血了。无奈，我只好把偷来的这只小鸡单独放到一个装鞋的纸箱子里。傍晚的时候，我隐约听见老太在唤鸡，"喁喁，喁喁……"然后她又用老办法，"你在呢，它在呢……"此时我的心开始怦怦直跳，我希望老太眼花，没有发现。担心的事还是发生了，她竟然发现少了一只小鸡，并且还说出了它的样子。她一边找一边自言自语道："是不是我做饭时被猫叼走了，或者被喜鹊啄走了？奇怪了，咋没听见鸡叫唤的声音呢？"老太说的每一句话，我都听得清清楚楚。于是，我急忙把捉来的小鸡装在衣兜里，爬上我家后院的墙，把小鸡偷偷地放到二爸家的后院里，又慌慌张张地爬上墙翻过来。从那以后，我对奶奶佩服得五体投地。

老太待人和善、慈祥。她不但看护大了孙子们，还看护重孙们，有时还帮左邻右舍看娃娃。每到麦黄六月的时候，老太的屋里就成了托儿所，炕上就挤满了娃娃，被筒里睡的、被子里围的、炕上爬的、地下站的，除了老太自己的孙子、重孙子，还有邻居家的娃娃们。她忙得不可开交，一会儿给这个喂馍馍，一会儿又给那个冲奶粉。有时，一个娃娃一旦哭起，惹得其他的都哇哇大哭，吵得人头疼，老太却不厌其烦地哄了这个又哄那个。孩子们拉下屎尿，就哭着不坐了，她双膝跪在炕上，低头给他们换尿毡，擦屁股。孩子们把她的屋里搞得连骚带臭，招惹进来了许多苍蝇，落在桌子上的、炕上的、墙上的，嗡嗡地吵个不停，老太随手拿起一条枕巾甩打着，苍蝇四下乱逃。由于是夏天，加之孩子多，屋里一股味道很难闻，人都进不去。二爸进屋后一脸的不悦，捏着鼻子从屋里出来，站在门口抱怨："您留着清闲日子不过，愣是给自己找活计，您看这屋里整得人哪能坐的住？来个亲戚就笑话死了！这都是谁家的娃娃，让他们抱回去，有人养，没人管，这里不是收养所，您又不是他们家的保姆。"二爸的语气很生硬，老太却笑呵呵地说："麦黄六月，龙口里夺食，绣女都得请下床。他们都忙着收庄稼，一个娃娃也是看，几个也是看，等他们忙完这阵子自然就抱回去了。"二爸听了，气得直摇头。

老太一生乐观，对权位金钱名利看得很淡。她时常对我们说，人这一生最大的财富是有个健康的身体，别的都是身外之物，生带不来，死带不去。

有一年冬天，二爸家的一头牛在半夜生牛犊，二爸一家睡着了没发觉，早晨二妈去牛圈给牛添草，牛长长地躺在地上，早断了气。二妈一看蹲在地上，抚摸着牛的身体，号啕大哭。她一连哭了好几天，早已没了力气，眼睛肿得睁不开，睡在炕上起不来。老太就坐在炕沿上开导，说："有人生万物，万物不生人。家有千万，长毛的不算。你就是愁死，牛也活不过来，快起来洗洗脸，该干啥就干啥。"经老太这么一说，二妈从炕上爬起，溜下炕去做家务了。

　　二爸当了二十几年支书，在几个大队中，可以说是人上人，全大队的人见了二爸，总会毕恭毕敬地问候。最终，二爸的位置被别人替代，二爸总觉得在别人面前低了一截子，人一下子没了往日的精气神，回家拉起被子，蒙头就睡，好像他做了见不了人的事，饭不吃，茶不闻，对家里的一切都漠不关心。面对二爸，二妈无可奈何，只能跟着他发愁，长吁短叹。老太知道后，走进二爸的房子，坐在炕沿头，轻轻地揭过二爸头上的被子，幽默地说："转把子勺，轮把子碗，猴子穿裙子，一人一轮子。咱们不当支书也好，首先你的人获得了自由，想干嘛就干嘛，如今日子好过了，不愁吃，不愁穿。"二爸听后，慢慢地从炕上爬起，战胜了自己，走出了阴影。

　　在我的记忆中，没见过老太发过脾气，没听过她和村子里人吵架。她给我的印象总是笑呵呵的，面对生活很知足，别人有时说她的不是，她听后也不在意。老太的身体一直很硬朗。连一次医院都没去过，偶尔有个头疼脑热，吃一片去疼片，睡上一觉，药到病除。老太活到一百岁时才去世的。一百岁的人一口牙齿一个都没掉，这让人难以置信。她走的那天，是七月七，来送她的人很多。五辈人抬着她老人家去墓地下葬。我想，奶奶看到，一定会高兴的。老太的离去，我没有过度地悲伤，反而为她五世同堂感到欣慰。

如今，老太离开我们已经十多年了。每次回娘家，路过二爸家门口时，她那张慈祥和善的面孔老是在我眼前闪烁，与她老人家相处的点点滴滴，在我的脑海中一幕幕展开，撩拨着我的心弦。

父亲和牛

走在田埂上，我又想起了父亲，想起他一生就像这块田地一样，默默地承受着风雨的侵蚀，承受着严寒和酷热。

从我记事起，牛是父亲最好的搭档。父亲白天跟牛在一起的时间比跟我在一起的时间多。据母亲说，每到春播或者秋耕时，父亲都准时四点钟起床。首先给牛拌一槽料，然后用硬柴（木头剁成的条形柴）在一个小小的铁皮炉子上熬罐罐茶，硬柴长短不齐，短的在炉膛里，长的露在外面，柴烟熏得父亲直流眼泪，呛得父亲不住地咳嗽，可是父亲还是钟爱这罐罐茶。父亲说，罐罐茶喝上两盅子，瞌睡就被吓跑了，人也就精神了；父亲还说，早起一时松活一日。当父亲喝完后，牛也吃饱了，父亲便催着母亲帮他套牛，母亲抱怨道："黑灯瞎火的，咋看见走路呢？"父亲道："家里是被灯照耀的，出了院门就能看见了。"母亲拗不过父亲只能随着他。

天亮时分，当别人来到地里，父亲已经耕了半亩地了，此时，父亲捋着他的胡子，脸上露出按捺不住的喜悦。

父亲对牛很关心，甚至有时超过了对子女的关心。

记得那年我才五岁，三哥感冒了，母亲让我去地里给父亲送干粮，并且给我指了要去的地方。顺着母亲指的方向，我远远望去，隐隐约约看见对面的山梁上有一个人和一对牛，那人跟牛好像"睡"在半山腰，根本看不见在走动，母亲说那便是父亲和牛。送到父亲犁地的地方要经过一道沟上一座山，我就皱起了眉头，噘着嘴巴，不愿意去，可我不得不去。

当我来到山上，父亲和牛在地的那一头。此刻，我的腿软了，大口喘气，实在走不动了，就一屁股坐在地的这头等父亲过来。我向父亲的那边望去，父亲佝偻着身子，目光注视着犁，牛走多快父亲就走多快，父亲吆喝牛的声音嘶哑无力。

过了好一会儿，父亲和牛才到了我这边。父亲看见我来了，吆喝牛站住，从我手里接过干粮，边吃边说："唉！亏了牛了，我已吃第二顿了，它们比我干的活还重，可没我吃得勤。"牛好像听懂了父亲的话，把头转过来望着父亲。我听着父亲的话，很不高兴，我老远地来给他送干粮，他却没问我一句，只顾惦记着他的牛。父亲边吃边用干枯的手擦脸上的汗水，裤腿和鞋上粘满了黄土，牛浑身被汗水浸得湿漉漉的，鼻孔里跟嘴里的气好像在冒烟似的，肚子不时地抖动。当我看到父亲跟牛共歇脚的情景，对父亲的埋怨立马抛到九霄云外，心里顿时感到酸溜溜的。可由于当年年纪太小，我不会把自己的想法合适地表达出来。每当犁地时，父亲虽然把鞭子摔得很响，可是从来落不到牛背上，而是落在了地上。走上几十来回时，父亲把牛哞哞地一呼，牛就立马停下了，父亲乐呵呵地走到牛跟前，用手抚摸着牛的身体，凑到牛的耳朵旁轻轻地说道："累了吧？累了咱们就缓一缓，岁月常在，何必把人累坏！"牛好像能听懂父亲的话似的，把头向父亲怀里靠拢，撒娇起来。父亲在牛的头上摸了摸，然后在牛脖子上系的绳子中拉了拉，对牛说："没勒着你吧，把绳子绑得紧了怕你出气吃力，绑得松了又怕把你的脖子给磨肿，不过，我试过了恰到好处。"牛听着父亲的话，眼睛眨了眨。我好奇地问父亲："难道牛能听懂人的话？"

"那当然了！"父亲得意地回答我。

稍休息了一会儿，父亲就捉起犁，挥起鞭子又耕起地来。碰到一块大胡基（大土块）时，父亲迅速抬起脚猛力踩踏下去，大胡基立马变得粉碎。

中午歇牛时，父亲不让牛喝路上的水，他说牛喝了那样的水会得病的。回到家里，父亲顾不上叫累，亲自去给牛拌料，其他人拌得他不放心。看着牛一口一口吃草料，父亲眯眯一笑，然后才倒掉鞋子里的土，再拉下卷起的裤管，拍掉身上的土。有时，父亲突然跑过去，在牛背上啪一声，牛猛地把身子一斜，我以为他在打牛，后来才知道，他是在拍蚊蝇。

夏天的时候，父亲把牛牵到阴凉里，手中捧着一杯茶，带着小板凳坐在牛旁边，边喝茶边看着他心爱的牛。看见苍蝇之类的去骚扰牛，只见父亲放下茶杯，像离弦的箭一样，速地冲向牛，用他那长着老茧结实有力的手"啪"地一下按向牛臀部，手上沾了血迹，蚊子被他拍死了。有时候，父亲还拿出一把刷子给牛梳理毛，牛感到舒服了，就给父亲不住地摇尾巴，用舌头舔父亲的手，头也依偎在父亲的怀里，像个孩子。

天气炎热时，父亲提前把河渠里的水堵住，等水聚多了，他就牵着牛去河里洗澡，牛不停地哞哞叫唤，父亲乐呵呵地对牛说："洗舒服了吧？"牛不住地眨着眼睛，摇摆着尾巴，表示感谢。

冬天的时候，父亲给牛挖了个又深又暖的窑洞，挂了个厚厚的门帘，还在里面装了个灯，好在晚上去照看牛。记得牛生犊子的前一月，父亲几乎睡不上觉，不时地去圈里看牛，铲圈里的牛粪，给牛铺垫黄土。当牛生下小牛犊时，父亲忙得不可开交，在窑里还怕把牛犊冻着，抱了捆胡麻柴点着给它取暖。给牛犊配奶，给大牛开小灶，烧米汤喝，用温水给拌草料，直到看见牛犊撒欢子时，父亲脸上才有了笑容，才能缓上一阵子。

有一次，大牛身上起癣了，痒得它直甩头，摇尾巴，弹蹄子。父亲急了，请来了兽医给它既打针又开药，父亲一会儿给牛灌药，一会儿涂药膏，忙得团团转。在父亲的精心照顾下，牛身上的癣慢慢地褪去，恢复了原来的样子。还有一次，牛不肯吃草，父亲说牛舌头上有麻疹了，他就在石磨子上撒了莜麦面和盐，把牛拉过来吃磨子上面的面粉，牛用舌头舔着面粉，嘴里的涎水不停地流淌，父亲还给灌了清油和搓干净的糜子，过了两天，牛就大嘴大嘴地吃起草来，父亲的悬着的心才落回了原位。

母亲看到父亲对牛很操心，便说："你把几个娃娃像牛这样操心，我就没这么吃力了。"

父亲听后说："娃娃我还是操心着呢，只是牛下得苦太重了，它养活咱们一家人，没有牛，光那些地还不把我挖着挣死？没有牛，庄稼的收成就无法保障。"

母亲听了父亲的话再没言语。我插了一句："牛本来就是养活人的嘛！我都小学毕业了，你从来没去过我的学校，也从来没问过我的学习。"

"我一个字都不识，你让我咋管你的学习？"父亲指着我的脑门说。

"那牛的事你咋那么积极？本来对我就不关心嘛，在你的眼里，牛比我重要多了。"我埋怨着父亲。

父亲看到我不高兴的样子，笑着对我说："还吃牛的醋了。只要你向牛学习，勤勤恳恳，踏踏实实，一步一个脚印地向前走，总会有出息的！"听了父亲的话，我觉得他说的在理，就学着牛的样子调皮地向父亲眨了眨眼。

父亲陪了牛一辈子，由于长年累月的辛苦，父亲的脸上也像他犁过的地一样，布满了深深的沟壑。父亲的身体也被艰辛的岁月弯成了一张弓。

我突然明白：父亲是我们家一头忠实而不知疲倦的牛。

父亲，请您等等我

沉重的脚步撵不上离去的父亲，我滴血的灵魂游荡在那个冬天。

那天早晨，天灰蒙蒙的，北风扬雪，漫天的雪花在寒风的裹挟下纷纷扬扬。树枝、电线与枯黄的植物在北风的肆虐下，发出一种令人心悸的怪鸣。此时，我的整个身心充斥着一种难以言表的寒意。

心里感到莫名的难受，好像把什么贵重东西给丢了似的，心神不定，坐卧不安。我想看会书或者写几句话，以此来驱散内心的烦闷，可不知为什么，一点也看不进去，拿起笔时竟无话可说，心里更加慌乱起来。于是我将书与笔统统扔在一旁，对着手机发呆。心里也不由得想起了我的父亲，我知道大姐在父亲身边，于是就拨通了大姐的电话，她在电话的那头说，父亲状况如往，打算明天去大医院治疗，让我明天不要去二哥家，直接到医院去。听完大姐的话，我安心地挂了电话。不一会儿，女儿已睡着了，可不知为什么我心慌得厉害，翻来覆去总是无法入睡。正当我辗转反侧时，电话响了，我一看是大姐的号，心里不由地咯噔了一下，我连忙接通电话，大姐带着哭腔急切地说："大（父亲）不行了，你快点赶来，安拉乎（真主啊），安拉乎……"还没等我应声，大姐已挂断了电话！我急忙翻找二姐和三哥的电话号码。平常操作手机非常麻利的我，此时却变得异常笨拙，手不住地颤抖。找了半天才拨通二姐与三哥的电话，我将大姐的原话急切地转告了他俩。此时，我真想变只神鸟飞到父亲的身边，真想化作一缕风，立马飘到父亲的眼前，真想变成华佗挽救父亲垂危的生命，我真想……可我毕竟是凡人，无能为力。我急忙穿戴，突然感觉我的眼睛似乎麻了（看不见），仓皇失措地找不见毛衣和袜子，只找到毛裤和棉衣，不知是眼睛的问题，还是毛裤故意捉弄我，此时的毛裤似乎变得小了许多，我根本穿不上。无奈，下身只穿了条裤子，上身穿了件棉衣，连头发都没顾上扎，直接在头上围了条纱巾，就慌慌张张地向搭车的地方跑去。

屋漏偏逢连夜雨，平常兜里的零花钱不断，这时恰巧兜里没一毛钱，无奈之下就慌忙地拨通了一位好友的电话，将友人借我点钱赶快送到停车的地方。

在路上，我想起与父亲昨天相见的情景，一种深深的自责笼罩了我，使我觉得呼吸都困难。

昨天下午，我和大姐、二姐一起去看父亲，父亲在我们面前念叨着，说他好长时间没见我三哥和三姐了，非常的想念，不知他们最近在忙什么。靠近父亲身边的大姐连忙大声解释道："你的三儿子在忙着盖房子，忙过这会就来看你。三女正忙着埋葡萄（为了防冻把葡萄树埋在土里），说埋完了就回来看你。"父亲听了大姐的解释，"噢"了一声，不再埋怨他们。父亲的话显得格外的多，像个好奇的小孩，凡事要问个究竟。更像被困在笼里的小鸟，渴望能自由地活动。可病魔缠住了他，哪也去不了。他老人家本想让我们陪他住一夜，可是，事情赶巧了，二姐的孙子没人照看，二姐像旋风一样，在父亲眼前一绕就急急忙忙地回家了。二姐临走时，我看到父亲的眼神显得异常失望与遗憾。晚上六点左右，我带着两个女儿也要离开父亲。父亲看到我要走，用期待的口吻说："天黑了，家里宽着呢，跟孩子住下吧？""明天是周一，孩子要上学，书包还在家里，我的中药也没喝完，您好好缓着，明天我再来看您。"我没勇气再往父亲脸上看，说完就心存愧疚地离开了，只有大姐一个留下陪父亲。

如今听到父亲病危的消息，我深深地自责。父亲，如果我知道您今天要走，宁可让孩子耽误一天的课，也要了了您最后的心愿。父亲啊，您过了一辈子的艰辛生活，含辛茹苦地把我们拉扯大，可我们各忙各的，没有好好的陪上您几天。父亲啊，女儿不孝……想着想着，我抑制不住自己的情感，泪水滂沱而下。我边哭边向街道跑去，心里默默地祈祷着：真主呀！怜悯我吧！让我见上父亲最后一面！父亲啊！请您等等我吧！父亲啊！您可一定要等着我来！哭声惊动了过路人，人们不住地回头用惊讶的目光看着我。

"唉！这家子肯定出事了……冷月寒天的，冰溜子这么滑，慢慢走都危险，这女人不要命了在冰上疯跑呢！"人们在这样议论着。

我不知摔了多少跤，连滚带爬，终于跑到坐车的地方，友人老早在那等我，我接过她手里的钱，连声谢谢也没来得及说，就急急忙忙找车去了。

坐上车后我一个劲地催司机："师傅开快点，我父亲病危，我要赶着见他最后一面。"司机说："你的心情我懂，今天路滑，不敢开快，有好几辆车都出事了。再者，一切都是真主的定然，不要着急，急也无用，一切顺主！"半路上，有人向司机招手，我让他争分夺秒地抢时间不要停车，可司机居然把车停下拉了那个乘客，并顺路把那个乘客送回家。此时，我急得快发疯了，便跟司机吵了起来。我大声吼道："早知你这样，我就不坐你的车。"司机不紧不慢地说："你别上气，一切真主早安排好了，该见的就见上了，不该见的无论如何也见不上。

冷月寒天的那人向我招手了，不拉我心里过意不去。"司机给我讲大道理，我一点也听不进去，只一个劲地抱怨司机。"你这人，我包了你的车，你还去挣别人的钱，太贪财了，你这是故意拖延我的时间！"司机见我一个劲的埋怨，心里很不舒服，他把我没拉到地方就强行让我下车，我不肯下，又跟他吵了起来。司机气哼哼地说："你自己看吧，这路坑坑洼洼的，我是怕出事啊！"司机借这段土路不好走为由，狠心地停下车，无情地把我扔下，调头就走了。面对司机的离去，我悲愤交加，泪水模糊了整个视线。

我左一把右一把地揩着泪，这时，三哥开着车拉着二姐打着喇叭火急火燎的从我后面赶来。我一转眼，三哥老早地把头探出车窗外，示意让我上车。我跑过去一步蹿上了车。当我们心急如焚的赶到二哥家门口时，一阵撕心裂肺的哭声从门里传出来。二哥家门前的男男女女，进进出出，我的全身不由自主地剧烈颤抖起来。此时，夜色渐渐变黑，风起雪落，越来越大，眼前白茫茫的一片……我脑海里一片空白！

突然，二姐"哎吆"地哭了一声，疯了似的冲进了二哥家的门。此时，我才反应过来，紧随在二姐身后。二姐扑到父亲身边，哭着说："狠心的大呀，你咋不等我来呀！我昨晚照看孙子去了，你是不是生我的气了？哎吆我的大呀，你把我的心活扒着走了！"二姐哭了没几声就晕了过去。

三哥哭诉着说："我的大呀，您老人家害病一年了，可您坚强着没睡倒，病了，好了，好了，病了，我以为您跟平常一样，最近我忙着盖房子，没顾上来看您，我原想等地方盖结束了拉您到银川最好的医院看病，花多少钱我一个人出，您咋就不等等我呀，狠心的大呀！"三哥攥着父亲的手使劲地摇。大姐见三哥疯了的样子，扑过去撕开了三哥的手，哭着说："我的瓜兄弟呀，大刚口唤（去世），血脉还没定，你就别再折腾了。大无常好得很，临尾（生命临近尾声）讨白（穆斯林的忏悔词）都有呢！你这样对大不好。"接着大姐让人把三哥拉出去了。

大姐低着头，眼睛微闭着哭诉：大呀，您的娃没本事啊！自己连自己都照顾不了，幸亏您临走时我在呢，不然我后半辈子不得安心。

我抚摸着父亲渐渐冷却的双手，此时如万箭穿心，泪水淹没了我……父亲啊！您可能知道自己要走，就早早地给我暗示，可我鬼迷心窍，让您带着失望走了。父亲啊！女儿不孝，您这匆匆一别，让女儿咋能忘得了呢？我悲痛欲绝地放声恸哭，不知被谁拉到一边。

记得我身体好的时候，为了生计东奔西走。有时候来不及吃一口早餐就急忙往店里赶，整天忙得像陀螺一样疯转，没时间去看望父亲，倒是我年迈多病的父亲常到店里来看我。回眸以往，这么多年里我真正陪过父亲几次？给父亲洗脸洗脚的次数也屈指可数，今后谁能像慈父一样牵挂我呢？此时父亲的无数个背影依次浮现在我的眼前，牵动着我脆弱的心弦，让我深陷在悲痛的回忆中……

突然，有人叫我给父亲换新衣服，才把我从沉痛中惊醒过来。我们给父亲穿上新衣服后，父亲被抬到一堆松软的黄土上放下，父亲面朝西，头北脚南，两只胳膊垂直在身体旁，手心朝下平放，两腿并齐。二哥拿来一块白布单盖住了父亲的身体。前来探望父亲埋体（遗体）的人络绎不绝，大家依次跪在父亲的身旁，二哥轻轻地揭开覆盖父亲遗容的白布，让人们看看后又重新苫住。

看见睡在地上的父亲，我心如刀绞，除了泪，我还能以什么方式悼念我的慈父？

睡觉时，我才发现自己的棉衣纽扣都系错位了，裤子穿反了……

可尽管这么紧张了一番，还是没有攥上父亲的活口。

仁慈厚道的父亲啊！女儿不孝，没能在您生病的最后时刻陪伴您，照顾您。

仅以此文献给我已归真的父亲，也借此提醒大家及时行孝，莫要留下，"子欲养而亲不待"的遗憾。

口口情

"老四，那枚口口还在吗？"二姐笑眯眯地问我。

"在呢！怎么啦？"

"能不能给我？反正你又不会弹。"二姐说。

"那不行，这是母亲留给我的念想，谁也不给，你就死了这条心吧，往后别在打口口的主意。"我有点不高兴地说。二姐一提起口口，那枚尘封已久的口口，就会勾起我对往事的回忆。

"口口"也叫口弦，是一种含在嘴唇吹奏的乐器，是用竹子削制而成的。竹子制作口口时，先将竹片削成约十厘米长的条状竹片，再削成鞋刷子的形状，一头大一头小，接着慢慢地挖取中间的部分，留一舌簧，舌簧削成针的形状，然后精心地打磨，剔掉粗糙的地方。这样，一枚精致的口口就做成了。为了使口口的外观更加美观耀眼，还特意把五颜六色的花线搭配在一起，一头束住，将另一头的线头拉直剪齐，拴在口口两端。系上穗子的口口就像打扮成的姑娘，一下子变得漂亮了。紧接着用一根牢固的线，将各种各样大小不同颜色的珠子或麻钱（铜钱）依次串在一起，系在口口的左右两端。这样一打扮，口口不但声音优美动听，而且显得更加精巧玲珑。

打我记事起，母亲就有一枚口口陪伴着她。有空的时候，就拿起她心爱的口口来，用左手捏住口口的左端，把口口轻轻地噙在嘴唇间，然后用右手将口口右端拴着的线头缠在中指和无名指向外轻轻地拉，口口就发出美妙的响声，咚——咚咚——并随着母亲的口形交换和气流的强弱而变化，细细听来悠扬而动听。

母亲生活的那个年代，收音机、录音机、电视机之类的电器还没有普及。空闲时的解闷的就是这枚竹子制作的口口，它消缰了母亲的苦楚和心酸，是母亲的心爱之物。

母亲是一个苦命的人，她十二岁时，父母双亡，十三岁时就嫁给我父亲当了童养媳。十三岁对现在的孩子来说，正是在母亲怀里撒娇的时光。可母亲在十三岁时，已挑起了生活的担子。鸡叫三遍时，母亲就起来开始洗大净，那时候，根本没有炉子，母亲在厨房的大锅里，倒上一大桶水，用柴火烧热，舀在桶里，双手提到水窖（洗澡间），灌进汤瓶里倒着洗。当洗大净的圈套（讲究）洗完时，人就冻成了一块"冰激凌"，头发冻成了冰凌块粘在一起，梳子梳下去，冰渣子乱溅，如飘落的雪花。母亲被冻得手青脸红，直打哆嗦，将两手捧住捂在嘴上呵气，或将手伸进被窝暖暖，以此软作冻得僵硬的手臂，觉得身体有温度了，就立马下炕干活。

天麻麻亮时，和母亲同龄的大姑还在炕上熟睡，母亲却要早早起来去沟里担水。全村人就吃一眼泉水，泉眼箍得很小，只容马勺（水瓢）出进。如果起来的迟了，就要跪倒在地上舀水，舀一勺就要给泉眼磕一次头。担上水要小心翼翼地挪动脚步，不敢走得太快，因为脚底下就是悬崖。道路就像鸡肠子，弯弯曲曲，坑坑洼洼，稍不注意就会掉进沟底。那条蜿蜒起伏的山间小路实在很难走！

奶奶个子大，因此锅台盘（修）得老高。母亲年纪小，做饭时够不着锅台，就在脚下踩个小板凳做饭洗锅。有一天，母亲站在板凳上往电壶（暖瓶）里灌水，一不小心，开水溅到手上，烫了个大泡。还有一次，母亲踩着板凳，手拿着抹布去擦架板上的灰尘。准备将洗干净的碗垒在上面。可由于她个头太小，站在板凳上不得力，不料，身子一斜，踩空了板凳，一个碗被摔碎了，碗渣割破了手指，鲜血直流。母亲怕奶奶发现责怪她，顾不上疼痛，将自己棉袄里的棉花撕了指头蛋大的一点，立即用火柴点着，将灰烬敷在伤口上包扎好，又连忙收拾锅台上的惨状。晚上吃饭的时候，母亲没碗，一直等大家吃完她才吃。

在这个大家庭里，母亲不仅要伺候老的，还要伺候小的。有时候，饭菜做不好，不但婆婆指责她，连小叔小姑也找她的麻烦。每次饭做好时，她就先端给家里人吃，等大家吃完了，她才去吃。饭做的好的一天，家人有食欲，饭就被吃光了，她就吃点馍馍。有时做的饭少了，大家没吃饱，她就再做一遍。如果饭不好吃，东嫌西嫌的，剩下的就成了她一个人的，第一顿吃不完，第二顿接着吃。因此，做饭时，就千思万虑，尽量将饭做好，让大家吃得开心。好事多磨，时间长了，母亲的厨艺成了村里最好的，四乡八邻都知道她是巧媳妇。

农忙时节，黎明之际母亲就起床了，她要准备做一大锅倒锅馍馍，之后自己就去磨坊磨面。百忙之中，母亲还要跟着奶奶去挣工分，那么小的一点人竟然干着和大人一样重的活。

村里有些人看到母亲陪着奶奶早出晚归的情景，就站在一起念叨："唉！这娃娃命太苦了，一双父母全没了，这么小就给人家当童养媳，看着让人恓惶。"一个说。

"唉！人心难打颠倒，各娘肉各娘疼，老鼠下的猫不疼。"另一个说道。

大家你一言我一语地说着。看到奶奶过来了，大家就立马静悄悄的。有一个胆大的对奶奶说："你老牛阁，挺会给人当婆婆的哟，那么大的一点人，你咋忍心呢？你的姑娘还当要娃娃呢。"

奶奶听后很气愤："看你管的宽嘛！我的媳妇子怎么使唤是我的事，用不着你管。"

有人为母亲的事和奶奶争吵不休。也有些人借此看笑话。奶奶被指责了一顿，也起作用了。后来的日子里，奶奶对母亲很关照。

那时候，母亲年纪小瞌睡重，一次在烙馍馍时，竟然在灶火门前睡着了，要不是奶奶及时发现，也许母亲早就没命了。据说她的衣服被火星子烧了几个洞，身上留下了当年被火烧的疤痕。

母亲给我们讲这些的时候情不自禁地哭了。之后，拿起她的宝贝口口，轻轻地贴在嘴唇，慢慢地弹起来。口口的声音一亮一暗，听起来凄惶、苍凉，我清楚地看到母亲混沌的眼角挂着委屈的泪水。

自我记事起，大哥、大姐、二姐、三姐已成家了。家里只剩父母、我和二哥、三哥五口人。母亲总是天不亮就起床了。很多时候，我都不知道母亲啥时候起的床。当我醒来时，摸摸身边的母亲，只有枕头和被子陪着我，不见母亲的身影。屋里仍然黑乎乎的，我有点害怕，期待天尽快亮起来。有时候，事与愿违，我越急天越不亮，我只能将被子拉上来，蒙头装睡。

有一次，我听到母亲窸窸窣窣穿衣服，睁开眼睛。漆黑一团啥也看不到，我就一骨碌从炕上爬起来。

"你咋这么早醒来了，是不是要上厕所？"母亲问我。

"天还没亮，你去哪里？"我问母亲。

"我撒粪去。"母亲说。

我也要去，我缠着母亲不丢手。

"外面野狐精单吃娃娃。"母亲吓唬我。

现在回想起来，我总会泪流满面。

母亲去街道时，一般不领我，因为我太小了，不懂事。我以为大人有好多好多钱，在街上看见什么就要什么。记得有一次，我抱住母亲的腿，缠着她带我去逛街。在街道里，母亲给我买来了麻花和糖。我看见街道上摆的各种各样的凉鞋，就松开母亲的手，来到鞋前，将一双红色的凉鞋抱在怀里不放，买鞋的人看见我的举止，乐得脸上笑出了一朵菊花。

母亲看到了，跑过来，将我怀里的鞋拿回去，还给了卖鞋的人。那时，年幼无知，加之我太爱那双鞋了，为了那双鞋，我就睡在地上滚，哭闹着硬要那双鞋。母亲无奈，只好如我所愿。从那以后，母亲去街道时再也不领我，我每每跟她时，她就说，回来时给我买个"耽搁娃哄信子"（哄小孩子的话）。我认为"耽搁娃哄信子"是个好吃的食物或者是好衣服，好久都没见母亲买来！我一旦问起，母亲会说，背集街上没人，或者说那个卖"耽搁娃哄信子"的人没有来。后来，我慢慢长大了，才知道"耽搁娃哄信子"是什么意思了。

农闲之余，左邻右舍就来到了母亲的屋里，有的让母亲给她剪鞋样，有的让母亲在白布上给她画花，还有的让母亲给她的孩子裁剪衣服……此刻，母亲的屋里很热闹，被窝里坐的，炕沿上担的，地上站的，把母亲当宝一样的围着。母亲和她们聊家常，说着笑着，手里却不停地为她们忙乎着。忙乎累了，她们就拿起各自的口口，你看着我，我瞅着你，盯着对方，相互对弹，既像是对歌比赛，又像是互相谈心。欢声笑语弥漫了整个屋里，从窗口和门缝里传播出去，飘得很远，大门外头都能听得见她们的欢声笑语。

尤其是冬天，不再忙农活，家里串门子的人络绎不绝，搁一会儿就有人在大门前喊：“有人吗？出来堵狗来。”邻居田阿姨斜着脑袋，手里拿着根干树枝在墙头上一个劲地喊。

“快给你阿姨堵狗去。”母亲在指使我。

“咋不叫我哥去，老是差（指使）我！”我狠狠地翻了母亲一眼，噘着嘴说。

“你哥不在这啊，这个女子被我惯坏了，懒得很。”母亲对其他几个阿姨说。

“我们几个老是往你家跑，孩子都厌烦了。”她们中的一个说。

“没有的事，孩子嘛，瓜着呢，跟她计较啥？”母亲给她们解释，随后扔下手里的针线活，跨着大步，出去迎田阿姨了。

本来厨房里的炕不太大，被她们坐得满满的，挤得我都没处坐，母亲将我赶到父亲的屋里。厨房里好像成了她们娱乐的公共场所。

口口的音调柔美深幽，节奏多变，它的音调随着弹奏人的心情而变化多端。那时候我还小，听着母亲弹奏的口口，我欢呼雀跃，三蹦两跳，就像撒欢的小牛犊，来回在母亲的眼前绕。母亲见我得意忘形的样子，笑出了一脸的花纹，我便撒欢地让她再弹给我听。于是母亲又眉开眼笑地为我伴奏，手来回弹拨着，此时的口口声如泉水叮咚。

母亲每次受了委屈，眼泪就会刷刷地从脸颊上滑下来。口口的声音压抑沉郁，如怨如诉，如同秋雨绵绵不绝。这时，我也眼泪巴巴地依偎在母亲的身旁，用我那脏兮兮的小手帮她擦干眼泪。母亲见我那可怜巴巴的样子，一把将我搂在怀里，边哭边说，要不是为了你，我才不受这些窝囊气了。那时候我还小，根本不懂母亲在说什么，只是用我的双手把她的脖子勾得紧紧地。

　　如今，物是人非，这枚失去了光彩的口口还在，平静地躺在我的影集里，可是我的母亲离开人世间已经十多年了。每当我看见它，我的眼前满是母亲的音容笑貌，还有那如泣如诉的年岁，如歌似火的母爱。

追 忆

邻居的妈妈又来了

母女间的甜蜜

戳疼了我的心

看着她们有说有笑

不由想起您的音容笑貌

往事历历在目

我却再也听不见您的唠叨

我想要的您总能设法满足

所有好吃的您都说不爱吃

直到结婚生子

我才明白

爱，莫过如此

长大后，我离开了家乡

您想儿的心

随着山路蜿蜒，蹒跚，

忠实的拐杖扶着年迈的您

荒山野岭

被您的小脚踩出了小路

"妈，您有啥心病和扯心的，趁早给我们安顿一下。"大哥两手扶在炕沿上，勾着头，看着母亲问道。

母亲慢慢地睁开眼，喘着粗气，看了一眼大哥，又昏迷过去，双眼紧闭，屋里所有人的目光一齐投向母亲，守候在她身旁，期待她清醒过来……

母亲病重的前几天，哥托人捎话过来，让我带孩子尽快赶回来。

听到消息，我想一步跨进母亲的房间，心急如焚，领着孩子急奔娘家。

来到母亲身边，我哽咽着说不出话来，母亲深情地望着我，费力地抬起胳膊，颤抖着的手向我晃了一下，示意让我和孩子靠她身边坐。

母亲干裂的嘴唇微微抖动了一下，用微弱的声音说："我的……娃……来了……"接着母亲的眼泪流了出来："你……你哥姐都……过得好呢，我没有啥扯心的，只有你和斌斌（我三哥的孩子）让我放心不下。你是我手心捧大的，姊妹中数你胆子小，遇了个女婿不争气，三天两头给我娃穿小鞋。斌斌自从他妈走了以后，是我一手抓大的，娃娃离过娘母子，可怜得很，看脸势得很……一想起你们两个心不甘，就算我睡在坟坑里也不得安宁。"母亲断断续续地说。

还没等我开口，趴在母亲身边的大哥，拉着母亲的手，说："妈，您啥也不要记了，把身体好好缓着，赛妹和斌斌以后由我来照看，我把我的孩子多疼，就把他们两个多疼，您就放心吧！"大哥安慰着母亲。

母亲看到大哥诚心的样子，微微点了一下头。看到病危的母亲还惦记着我，心如刀绞，泪水情不自禁地从眼眶涌出，我扑到母亲的怀里握着她的手，感到撕心裂肺得疼。

第二天，母亲的病情加重了，已没有力气睁开眼，只有心脏在慢慢地跳动。二姐捏着母亲的胳膊把脉，阿訇目不转睛地盯着母亲。过了一会儿，母亲突然睁开眼，长出了一口气，睁大眼睛深情地打量着屋子里的每一个人，最后，将目光移到我身上。阿訇虔诚地念着讨白（忏悔词），二姐给三姐挤了个眼，三姐立马把我堵在她的身后，她哪能堵得住我呢？我在人群缝隙中凝视着母亲，泪如泉涌。

母亲看不到我，将目光收了回去，吐出一口气，一口长气，那气咝咝咝地从鼻子里往出冒，由疾到缓，阿訇念经的语速也提高了，加快了，顿时，屋里的气氛显得十分紧张、恐惧。母亲合口闭眼，手慢慢地掉在了炕上，胸部也不再起伏。

屋子里一片哭声。

我疯了一样扑到母亲身边，号啕大哭。

狂风呼啸，天色蒙蒙，树枝都被摇断了，风扫净了院里的尘土，卷走了门上的门帘，屋内顿时寒气逼人，空荡无比。不大一会儿，天空中飘着鹅毛般的雪花，纷纷扬扬，越下越大。地上房顶成了一片洁白。一种寒冷蔓延了我的周身，渗透了骨髓。

送母亲的那天，院子里站满了人。母亲被抬走的那一刻，哭声响彻了整个村子，姐姐们急疯了，一个个栽倒晕了过去。我像是被钉在那里，愣愣的，不是我不想动，而是动不了。我的腿脚沉重得无论如何抬不起来，大脑瞬间像被掏空了似的成了木头人。

每每想起那极其痛苦的一幕，我依旧浑身战栗不止。

母亲生下七个儿女，我是最小的，俗话说："天下老的，偏得小的。"在姊妹中，母亲最疼我。有时候我做错了事，母亲都不会责怪我，而是温和地说，以后注意就行了。

母亲过分地偏袒，使我逐渐变得霸道，变得自私，变得无理和娇气。在家里我就是"公主"，哥哥姐姐得看我的脸色行事，他们稍有不慎，我就跑去告诉母亲。所以，哥哥姐姐几乎都不惹我。

我出生的那个年代，农村家庭普遍缺衣少食，可母亲偷偷给我的好吃的从未间断过。我跟大哥大姐的年龄相差很大，我跟他们的孩子几乎同龄，母亲有好吃的不敢公开给我，常常背着其他人塞给我。

夏天，母亲将好吃的藏在仓库隐秘的地方。冬天的时候将好吃的锁在一个小木箱子里，在我不听话的时候，母亲就从箱子里拿出糖果之类的东西哄我。那时，我们常常吃的是粗粮，白面对我们来说，珍贵得很，偶尔打打牙祭。

母亲将饭做熟时，由于家口大，一轮饭舀过去，锅里已所剩无几，只剩下半锅清汤。哥哥和姐姐长大了，人也机灵了，围在锅台旁比赛似的吃饭，捏起筷子，一个劲地往嘴里扒饭，憋得两腮帮鼓鼓的。吃着碗里的看着锅里的，谁先吃完就跑到锅里再舀一碗，由于汤多，勺子搅下去，半天舀不出面条，他们就抓起搭饭的捞笊，将捞笊下到锅里，面条就像被鱼网捞上来的鱼一样，一下子出现在面前，哥哥和姐姐们抢着往各自的碗里拨，为了能多吃一口饭，哥哥和姐姐们争得脸红脖子粗。母亲连忙下炕，给他们均匀地分，他们就眼睁睁地瞅着，担心母亲给谁多分一点。

那时候家里条件太艰难了，连锅巴也铲着吃了，锅里的饭汤铲得净得跟洗过一样。母亲怕我吃不饱，经常把她碗里的饭给我碗里拨一些，那时候我还小，有时吃不完，我就又学着母亲的样子，往她碗里拨，母亲死活不要，说她饭量小，留着等我饿了再吃，说我正是长身体的时候，要多吃，她已经老了，吃上再也不长骨头不长肉。为了给我证明，母亲还故意打个饱嗝，逗得我咯咯地笑。

那时候我还小，就被母亲这样轻而易举地蒙过去了，现在想起来，我的眼泪止不住流出来。

虽然那时候很穷，可我的小胳膊、小腿吃得胖乎乎的，圆鼓鼓的，像水萝卜。村子里，亲戚中爱逗小孩的大人们，见了我之后总喜欢抱在怀中亲亲我的脸蛋，咬咬我的胳膊，拍拍我的屁股。还有的将我抱起来举过头顶，美美地转上几圈子，乐得我呵呵直笑。母亲怕别人把我咬疼，也怕把我举高吓着，用乞求的口气说："轻一点，轻一点。小心给我咬疼了着，别再转了，把我娃转晕了……"

"放心吧，防着呢！"他们给母亲回答。

那时候年幼无知，现在回想起来，心里感到暖暖的。

由于家口大，那时生活极为拮据。母亲每天都早起晚睡地操持着我们这穷家。早晨我起床时，屋子里已被母收拾得干干净净，整整齐齐，麦黄六月也是如此。盆盆罐罐、锅台、柜子都被擦得锃亮，能照出我的影子来。灶台边上还给我留着一个小白馒头，一杯凉开水。一口黑幽幽的大水缸被母亲担得满满的，蒸熟的糜面碗坨装在篮子里，悬挂在房顶的铁钩上，我们饿了随时取出一个来充饥。晚上，当我一觉睡醒时，母亲还坐在炕沿边，勾着头，一针一线地在灯下为我们缝补衣服、纳鞋底、搓麻绳……眼睛被熬得红肿，眼泪一滴一滴地往下淌，她不停地举起手左一把右一把地抹眼泪，抹过又继续捉起针刺啦刺啦地纳起鞋底子。

记得有一年，父亲得了重病，久卧在床。家里的重担一下子都落在了母亲的肩上，尤其是紧张的经济来源。母亲被迫无奈，背着父亲和我们去医院偷偷卖血，补贴家用。这样的事一年中有好几回，母亲每次回来，都给我喜欢吃的面包和洋糖（水果糖），那又软又酥的面包，被我几口就吃完了，然后从我的小兜兜里掏出一颗洋糖，把纸一剥，塞到嘴里咬地咯噔咯噔地响。母亲看到我吃得香甜可口，俯下身子，笑着在我的脸上很响地亲一口。那时候，我根本不知道卖血是啥概念！现在回想起来，万箭穿心，我那不是在吃零食，是在吸母亲的血！

母亲不识字，但她支持我们读书。记得在我上中学那年，村子里的女孩子不断辍学。可是母亲依然将我送到了学校，我们家走学校要经过一个很大很深很恐怖的沟渠。母亲每天送我去上学，把我一直送到学校门口才返回去。夏天天晴的时候我还算勤快，一到下雨和冬天就让我头疼。下雨河水涨了，淤泥多，我胆子小，怕跌倒河里，不敢过河，母亲牵着我的手过河，同龄人看见笑话我。冬天的时候，天又黑又冷，我常常赖在被窝里不肯起来，感觉瞌睡比肉都香。母亲伏到枕头跟前，连着叫了好几遍，我嗯一声又睡着了。母亲就俯下身子，在我的头上摸摸，在鼻尖上掐一下，喜眉笑脸地说，把瞌睡虫挤挤就瞌睡得慢了，小懒虫啊，快起来，不然就迟到了。

终于被母亲弄醒了，我拼命地揉着惺忪的眼睛，穿上衣服，磨磨蹭蹭地从炕上下来，不住张嘴打哈欠。

"洗脸水我掺好了，快过去洗洗，就清醒了。"母亲转过脸对我说。

"嗯呢。"我应着母亲。

"馍馍已烙好了，快趁热吃点，走在路上暖和。"母亲一个劲地催我。

"来了，来了。"我像只蹦跳的兔子，跃到了母亲的面前。母亲看到我作怪的样子，欣慰地笑了，我也笑了。

之后，母亲打着电筒为我照亮通往学校的路。母亲手中的电筒一闪一闪地晃着，刺骨的寒风钻进我的袖口，冷飕飕的，冻得我直打战。可我从来都没想过母亲冷不冷，累不累。

我结婚了，母亲对我的爱还一如既往。平时，母亲把哥哥姐姐买给她的好吃的存起来，锁在柜里。每次我回娘家时，母亲悄悄地拿出来塞给我吃。看到哥哥姐姐不在时，母亲问我："你有钱花吗？如果没有，我这里有你哥姐给的零花钱，你先拿上花去。别为难自己。三十年河东，三十年河西，日子慢慢会好起来的。"

"我有呢，您就留着自个花吧。哥姐日子过得好，我想给，可心有余而力不足。"

"你在家拉扯娃娃，不得出去。哪来的钱呢？给你，拿上花去。"母亲将钱往我手里塞。我将钱往母亲手里推。

"我真不要，你快装上吧！"

"就算我借你的，等你日子过好了再还给我。"母亲笑着将钱塞进我的衣兜。

婆家与娘家只隔着一座山，有时候家里忙，长时间不能去看望母亲，母亲等不及了，就挂着拐杖从山梁上步行，撵到我家看我。

由于从小被母亲溺爱，我刚结婚的那几年，家务活不太会干。不会用簸箕簸粮食，不会用筛子筛粮食，不会用箩箩粮食……母亲每次来我家，给我簸干净麦子，收拾净胡麻，帮我磨好一两个月的面，榨一壶清油，准备好这些，她才肯放心地回去。

母亲不仅关爱亲人，而且乐善好施。她从来都不和别人吵架，对待邻里乡亲，永远是那么和蔼可亲。

每当闲余之际，母亲的屋子里就坐满了串门的乡里乡亲，她们说着笑着，快乐无比。

母亲没有文化，但十分通情达理。记得二哥一次将一位要好的同学带到我家，怕母亲责怪他。就将母亲悄悄地叫到背地里，笑哈哈地说："我同学学习很好，只是家离学校太远了，常常吃不上饭，中午啃干馍馍，我怕这样下去他身体吃不消，就引到咱家来了。"母亲说，只是多一双筷子一个碗的事情，如果他不嫌弃咱家的饭，来吃就行。

二哥见母亲这么说，高兴得拍手叫好！

从此以后，二哥的同学就常常来我家，我们吃什么他就吃什么，起初，他有点拘谨，吃饭时，由二哥给他舀。后来他就像在自己家里一样，大方多了，饿了自己就进厨房找吃的。这样一待便是三年。

三年以后，二哥的同学以优异的成绩考上了大学，临走时，买了一大包好吃的，带着他的父母来看望母亲，母亲笑得乐开了花。此后，逢年过节，二哥的同学都要带着厚重的礼物来看望母亲。母亲去世不久，二哥的那位同学又来了，当得知乐善好施的母亲已不在人世，他一进门就双膝跪地，失声痛哭。

母亲过世以后，不久，哥哥姐姐们悲痛的心渐渐趋平静。由于我年龄最小，加之从小母亲的宠爱，母亲的去世对我打击很大，我整天沉浸在无边的悲痛中，一直难以从痛苦的阴影中走出来。

由于过度悲伤，我住进了医院。躺在医院里的那段日子，亲人好友纷纷来看我，尤其是老父亲，每天都陪在我身边，饱经风霜的眼，泪汪汪地望着我，希望我尽快好起来。女儿也趴在我的床头哭个不停。

看到父亲跟女儿伤心的样子，我突然明白，我要是有个三长两短，那我的父亲又将失去一位亲人，白发人送黑发人，那是何等的痛苦？女儿岂不是又要走我的老路？想到这里，我身上涌起一股强流，猛然从床上爬起来，一把将女儿紧紧拥在怀里。父亲看见我抱起了女儿，脸上露出了从未有过的笑容。

大　哥

　　每次回娘家看见高同村的那个水坝，我就会想起了大哥。

　　大哥经常穿一身蓝色的中山服外套，内穿一件白色的的确良衬衫，外套的纽扣有时不系，走起路来两边衣襟向后左右甩着，脚上穿着一双黑平绒的牛眼窝布鞋，头上戴着一顶白色的浅圆帽，一副瓜子脸，左耳门上长着如蜜蜂一般大的一块肉丁。母亲说，那是大哥的福记（有福人）。大哥没读多少书，但相信母亲说的话，常在别人面前卖弄自己的这个福记，好像这福记真能给他带来好运似的。

　　大哥成家早，分家也早。从我记事起大哥就与我们分开过日子。他家在前院，土院墙，一扇陈旧的木大门，两间一高一低的土坯青瓦泥房紧相连。父母和二哥等都住在后院，后院也叫老院，墙上长满了厚厚的苔藓。大哥表面上和我们单另过日子，其实只是单另吃住罢了。两家谁有忙活他都帮着干，从不生分。

　　我们兄妹共七人，大哥最大，我最小。因年龄相差大，大哥又不善言谈，总是虎着脸。小的时候我很惧怕他，每次遇见，我的心就通通直跳，不由得低下了头，像个犯了错误的孩子。但大哥并不像我想象的那么可怕，他看到我时，总是眯眯一笑，我却显得很拘束，说话小心谨慎，声音压得特低，连我自己都听不清楚，大哥更听不清楚了。每当这时，他就俯下身子继续追问，我微微低下头，眨巴着眼睛，咬着嘴皮子，用眼睛的余光偷着打量他，他问一句我就回答一句，他若不问，我从不主动向他开口。

记得有一天中午，我和侄子大武、侄女牡丹在大哥家门前嘻嘻哈哈地玩泥巴。突然耳边传来一句"你们几个害啥呢？"的话语，吓了我一大跳，我们几个急忙地丢下手里的东西，抬起头乖乖地站起来一动不动，等着挨训，可是大哥并没有责罚我们的意思。我偷偷地瞥了他一眼，他就像煤窑里刚出来的一个人，衣服、脸上都黑不拉几的，连鞋帮子上都沾满了黑点，一股浓浓的油味钻入了我的鼻孔，待他走近时，我才知道那股油味是他身上散发出来的。于是，我们几个捂着鼻子转移了地方。我隐约听见他给大嫂说，推土机坏在半路上了，他回来取点黄油和换的衣服，让嫂子尽快帮他找一下，他还要返回去呢。

随着年龄的增长，后来我才知道，大哥是一位推土机司机，他的脸上、身上、脚上糊的不是墨水，而是机油。

大哥为人忠厚老实，不管做什么事情，不急不躁，有始有终，赢得了农机站领导的赞许和父老乡亲的好评，他们都叫大哥为单师。为此，父母脸上很是光彩，我们也感到骄傲。领导很器重大哥，时常派他去学习农机专业知识，掌握农业技巧。随着社会的发展，农业机器改造更新，农机站的站长给大哥安排了一台崭新的推土机，分配到各个单位、乡镇修路、平地。起初，农机站每月给大哥发一千元的工资，后来工资逐步在上涨，由一千涨到两千，再由两千涨到三千。大哥就经常东奔西跑，一直在外面漂泊，只有天寒地冻的时候才能回家和家人团聚。

从前，西吉县的许多乡镇，如西吉滩、兴坪、大坪、下堡等地方都是山地，陡得驴都站不稳，大哥不畏酷暑，将陡洼子地用推土机一点一点推得平平展展。现在那些人看到一眼望不到边的平地，都念他的好，说他是推地高手，给庄农人带来了福气。他推过的地有很多很多，每到一个地方都会结识一些朋友，有很多人经常和他友好来往。

据说，大哥在下堡乡推地时，有一户人家很穷，司机不但吃不上好饭，也拿不到"小费"，别的司机都不愿去给他家推地。大哥是穷人家的孩子，对穷人的处境感同身受，所以就主动上门推地。这家主人一见大哥，一把拉住他的手说："娃娃，你能来我家是我老两口的福份，你啥条件都不讲，就这么给我家推地，我没啥好吃的招待你啊！"老人的话里充满了歉意和无奈。大哥很真诚地说："老叔，你别太委屈自己了，你们吃啥，我吃啥。"地推平整了，老两口感激不尽，将家里打鸣的一只大公鸡宰了招待大哥，还将他认作干儿子。

那是1989年，当时的回小名叫西吉城关回民小学，我正在该校读小学三年级。有一天，一辆大卡车将大哥的推土机拉到我们学校门口，大哥爬上大卡车，将推土机小心翼翼地从车上开下来，然后将学校门口用推土机铲得又宽又平。一天中午，我排队走出学校门口，突然听到有人喊我的小名。我转身一看，原来是大哥，他将头从车窗探出，笑着向我招手，示意我到他的身边去。我从同学群里挤出去，绕道走向大哥。大哥打开车门，手里提着一袋西红柿从车门慢慢地走下来，到我跟前说："这些西红柿你带回去，让大（爸）和妈尝尝新鲜。"说话间他顺手从衣兜里摸出一张崭新的五十元钱塞到我手里，让我买学习用品。西红柿我收下了，但钱我死活不肯要。大哥家有五个孩子，加上他和嫂子共七口人，是一个大家庭，大点的孩子都上学了，靠他一个人挣钱供养，实属不易。大哥见我不肯要，微微一笑，说："是不是嫌我给的少呢？"我没言语，只是轻轻摇了一下头，算是回答了大哥，大哥硬是将钱塞进了我的口袋。那会，正是缺吃少穿的年代，我在课本上、菜摊上见过西红柿，但从来没吃过。

大哥对工作不仅认真，还具有一副热心肠。村子里的人若是遇到头疼脑热或生活紧困时，就向大哥张口借钱，他虽然生活也不富裕，手头零花钱也不是太宽裕，但他从不拒绝乡亲们，而是热心帮助他们，十块八块的没有个定数。

大哥的勤劳与善良，大哥的豁达与憨厚，赢得了乡亲们的认可和支持。十年以后，大哥凭着自己的勤劳积攒了一笔钱，打算修一院新地方。当时大哥本想借单位的推土机来推地基，可是，我们村里的路只有架子车才能出入，大卡车是进不来的。在百般无奈之下，大哥决定人工干，他叫来了木匠在老家做门窗，自个扛起撅头将陡峭的地方一点一点地往平里挖。那时，正直季风时节，尘土将大哥包裹了，大哥成了个土人儿，只有一双眼睛在滴溜溜地转。左邻右舍以及村子里的乡亲们看到了，扛着铁锹、撅头来给大哥帮忙，众人拾柴火焰高，很快，地基就修好了。

新房子开始盖了，村里的男女老少也都抽空来帮忙，刮椽的、和泥的、抱土坯的，搬砖的，拉水的，大伙儿亲热地好像一家人。那时村里流行四合院，双扇门。大哥虽然识字不多，但他懂得很多。砌墙时，有人建议他全用砖头，他摇了摇头说："咱们是农民，还是实惠点好，一砖到底的房子，冬天太冷了。如果用土坯砌内墙，外面再用新砖包裹起来，既省了一大笔钱，房子里又会冬暖夏凉的。"那人听大哥这么一说，佩服得翘起了大母指。

一院地方终于修建好了，每间都是松木椽，宽敞明亮的窗子，就连院子也用水泥打了，这在当时我们村子来说是独一无二的高贵。一座四合院坐落在村子中央，像天空中最亮的星星，特别显眼。来来往往的过路人不由地抬头凝视一会大哥家的新房子，有人还给大哥起了个新名字——"万元户"。时间一长，"万元户"这个名字叫顺了，有人见了大哥，不叫他的真名，有意调侃大哥为"万元户"。

冬天是农民最闲的日子，家家户户开始碾场，大哥的三轮车就派上了用场。本村的碾完了，亲戚家就叫他去碾，家庭条件好的，大哥就多收点钱，不好的，大哥只收个油钱。忙完了碾场，家里人闲了，可他仍然闲不住，就跑到乡下收豌豆存放在粮仓里，等开春时，豌豆价上涨了，他就轻轻松松地赚到一笔钱。久而久之，他的生意越做越大，手头存了一笔钱，在家里开了个粉房，我们村上的洋芋一年下来都被他收来做了粉条。开粉房用水量很大，他叫人在大门外挖了一口井，水很旺，在井底按了一台抽水机，开关一打开，水就顺着管子流进缸里。左邻右舍看到很羡慕，有时挑着水桶来要水，他就慷慨地打开开关，大家将桶子一一摆好，挨个盛水。水桶满了，大家挑着清凌凌的水满脸欢喜往回走，水从桶沿溢出来，一道道水印从大哥家一直滴到乡亲们的家里。

2000年以前，我们老家的土地还是农民赖以生存的根本，也是农民赖以发家致富的基本条件。但农民靠天吃饭，没有足够的水灌溉土地，即使有些家庭土地多，收入却是微薄的。大哥在外面混日子的时候，看到每个村子里平展展的土地和宽阔的大路，心里很羡慕。他也想把我们村子里的土地和路推平整，让乡亲们的日子也有个好转。可我们大队那时推地的项目还没有批准。大哥就跑去将他的想法讲给村支书，村支书又如实地反映给了乡镇政府的领导，镇上对村支书的意见表示赞成。大哥就将自己积攒多年的钱拿出来，买来了一辆旧推土机，先把我们村到街道的这段路推宽推平了，这样，大车可以进我们村了。然后将我们家到二道沟里的一段路推平，乡亲们担水时就松活多了，接着大哥又将上壕里到馒头梁的这条路也推了，这样乡亲们一年拉粮食就不那么费力。

那时人的思想观念普遍陈旧、落后。路推宽了，大家都高兴，一提起推平庄稼地，尽管乡镇出钱推，乡亲们都皱着眉头，犹犹豫豫地不愿意推。乡亲们说，好不容易喂肥的土地，一推平就将肥土都推光了，以后就不得见庄稼。面对乡亲们的说法，大哥也能理解，他没有辩解，只将自己家的土地一块一块地推平整。冬天，他将一个装过柴油的圆柱形空桶，搬到架子车上，套上牛和大嫂拉到街道，大嫂看守一对牛，他就将油桶靠近公厕，拿起铁锹，俯下身子，将池子里的粪便掏出来装进桶里，装满后，喊来嫂子，套上牛拉到地里用土埋瓷实，等明年开春发酵腐化成为种庄稼的最好肥料。冬去春来，他将地里的粪堆一一散开播种。那一年，风调雨顺，平地更容易蓄水，他家那年的庄稼得到大丰收，左领右舍看到后很是惹眼，就主动上门找大哥推地，而后，乡亲们也学着大哥的样子去大街上掏粪喂地。那几年里我们村成了"掏粪大队"，县城的厕所被我们村的人掏得空空的。

就这样，大哥推地的事一传十，十传百，十里八乡的人都知道平地收入好。从此，大哥便干百家活，吃百家饭，家里的日子一天比一天过得好。但是，大哥不是个心眼小的人，也不是个自私的人。他认为一家人富，不算富，只有全村人富了才是真的富。

我们村在高同五队麻地沟，队上有一条弯弯曲曲的小河，从大岔垴经过雅儿湾流到高同，再由高同和沿麦沟经过我们村，然后由我们村流到葫芦河去。河水白白地流走了，却不能用在农业灌溉上。大哥心里想，如果把这些浪费的水资源用在农业灌溉上，肯定能给当地农民带来好收入。于是，大哥便去找大队里的干部商量后，决定在沿麦沟和高同村的两交界处筑一个水坝，以便灌溉庄稼。

打坝的事终于被批准了。支书动员各村各户来一个人修坝，村民们扛铁锹捞撅头汇集在一起，铲的铲，挖的挖，运的运，辛苦并快乐着。大哥开着推土机来回将坝面一下一下推平整，然后开始一层一层的往瓷实里碾。一会儿顺着地势碾，一会儿逆着地势碾。众人拾柴火焰高。经过几个月的辛苦劳作，水坝终于打成了。细水长流，小河昼夜不停地流淌，和雨水汇集在一起，坝里的水越聚越多。沿麦沟、高同以及我们村的好多人家的土地都能浇上坝里的水了，它们成了我们当地真正的水浇地了，旱涝保收。我大姐家的十来亩地正好就在坝的附近，大姐凭借便利的水资源年年种薄膜玉米，一亩水地产量胜过好几亩旱地产量，年收入不错。从此，大姐两口子也不用再外出打工，只操心着她家的十亩水地，日子就过得越来越红火了。

有人说，机遇是给那些有创造的人准备的。只要抓住机遇，就会有创造；有了创造，就会有收获。坝里的积水不但用在了农业灌溉上给农民创造了财富，有人还在坝里养起了鱼。坝里撒的鱼籽随着时间的流逝慢慢地长大了，吸引来了很多来自不同地方的钓鱼人，坝面上停满了小车、摩托车、电动车、自行车等，呈现出一派热闹红火的气象。两年以后，大岔垴的村民袁敬星投资在坝上建起农家乐，还买来了小轮船，吸引来了南来北往的游客。从此后，这个坝成了我们大队一道靓丽的风景，也成为西吉人民休闲娱乐的好去处。

大哥不仅会开推土机，而且还会修理。记得有次我们在去亲戚家的路上，碰见一辆推土机停在路中央，推土机的师傅在推土机旁团团转，过路人绕道而行，大哥走过去一问师傅才知道推土机坏了，师傅不会修，只能干着急。大哥就主动帮他修车，他两把脱了外套，挽起衬衣袖口，一手拿着板子，另一手拿着钳子和改锥，屈膝爬进推土机底下，仰起脖子，卸开螺丝，仔细观察了一会，又慢慢地上紧了螺丝帽。过了一会，他慢慢地翻过身子，两脚踩在推土机的零件上，仰面将另一边的螺丝齐齐卸掉，细心地排查着每一处疑点，最终解决了问题。那位师傅见地上的尘土糊脏了大哥的衣服，急忙接住大哥手里的工具，拍打着他的衣服，大哥笑眯眯地说："现在好了，你开上试试。"师傅乐得像个小孩儿，快速地爬上驾驶室，一开推土机果然走起来了，师傅停下推土机，从车舱里跳下来，握住大哥的手，一连说了几个谢谢。

大哥不仅会干男人的活计，还会干女人的活计。比如纽扣掉了，他从不麻烦大嫂，自个就找来针线做了。要是衣服缝子扯开，他也就自个捉起针缝了。大嫂不在时，他就上锅做饭。有次，我去他家，碰见他系着围裙，依在锅台前忙乎，走近一看，他在蒸米饭，他蒸米饭时与众不同，将米淘洗干净，在蒸米饭的锅里滴几点清油。吃豆腐时不喜欢和蔬菜和在一起，他喜欢将豆腐拿清油炸了，清油炸过的豆腐变得黄灿灿的，让人很有食欲感。除此之外，大哥还会做蒸鸡肉，做蒸鸡肉时，先将鸡肉洗干净，剁成小块，再放进盆子里，将各种调料撒在鸡肉块上，调料要比炒鸡肉的重一点，接着再撒上半碗干白面，拿筷子搅匀，然后就擀一张面饼，将盆子里的鸡肉倒在面饼上，摊平，接着再擀一张面饼，铺在鸡肉上面，将周围的缝隙轻轻压住。最后，将两手伸进面饼下面，慢慢地移挪在蒸板上，放在开水锅里，盖上锅盖，像平常蒸馍馍的一样，一个小时后揭开锅盖，一股浓浓的香味只钻人的鼻孔，让人食欲大增，我吃过大哥做的饭，感觉口味比大嫂做得更有味道。

大哥虽然识字不多，但是他懂得知识能够改变命运的道理。不管他有多苦有多累，从不说出口，一直耐心地供养五个孩子上学。他白天干活，晚上看孩子写作业，哪个孩子的作业写得不规整，他就一把撕掉让孩子重新写，直到他满意为止。1998年，大哥的二儿子单永宏以优异的成绩考上了大学，他是我们家族唯一的一个大学生，大哥乐得像个小孩子，干起活来都不知道累了。但是，美好的愿望有时候并一定都会朝着良好的方向发展的。2001年大哥的三儿子单永旺考大学落榜了，大哥心情沉重，蔫得像霜打的茄子。单永旺自个也没心情再补习，决定帮家里人干活，大哥不肯放弃，他开导儿子，说干活的时间长着呢，上学的机会有限，一旦错过就再没有机会了。父亲听说大哥让单永旺补习，知道大哥压力大，父亲心疼大哥就去劝他说："考不上就算了，让娃娃出去打工挣钱也是一种活法。再让娃娃补习你那能供得住呢？"大哥听完父亲的话，抬眉看了父亲一眼，出了一口长气说："已经念了这么多年了，就让再补习一年，了个心愿，要是考上了呢？"父亲看到大哥心意已定，嘴动了几下没说出话，无奈地摇了摇头。

2002年，母亲病危，二哥和三哥日子过得紧巴巴的。作为家里长子的大哥，心理压力极大，他既要供养孩子，又要给母亲筹备看病的钱，压力太大，压垮了大哥的身体。亲房邻居见了大哥，说："你的脸色咋那么差？快去医院看看吧。"大哥微微一笑说："好着呢。"尽管大哥费尽了心血，但母亲的病情恶化最终还是去世了。来送母亲的亲戚见大哥脸色不好，就私下劝大哥："你不要太苦了自己，供养儿子上学没错，供养个女娃娃没处用。一个女娃娃就算念成了，也是别人家的一口子人，给人家供养不划算，还不如早点寻个好人家嫁了算了。"大哥听了他们的话坚定地说："我知道你们是为我好，可现在是新社会了，男女平等，新社会没文化的人就被淘汰了，我不想让我的孩子被社会淘汰，就算砸锅卖铁我也要供他们上学。"那些亲戚听了大哥斩钉截铁的话，互相看了看再没敢言传。

2003年，大哥的小女儿单玉萍不辜负父亲的厚望，考上了宁夏医科大，大哥满是皱纹的脸乐开了花，可单永旺又落榜了。所有人都以为大哥这回逼儿子补习的心可能死了，可没想到他依然将三儿子送到学校去补习。苦心人，天不负。2004年，单永旺终于被平顶山工程学院录取，大哥心口压着的一块石头也随之落了地，这让亲戚朋友和村子人很羡慕。但是，大哥家出现了经济危机，钱逼着他卖了自家的牛羊以及粮食和草垛。即便如此，经济危机还是没有缓解，亲戚朋友跟前都借到了，他再不好意思开口，在没有办法的情况下，将多年陪伴他的推土机卖了。最后实在是没变卖钱的东西了，他就向有钱人拉高利贷供养几个孩子上学。虽然生活举步维艰，但大哥从来没有后悔过。几年以后，几个孩子都先后参加了工作，缓解了大哥的生活负担，大哥欠的一屁股外债也基本还清了。大哥便将心思转移到孙子身上，希望孙子辈能更有文化学问，能更为单家人争气，更为社会多做贡献。村子人见大哥对孙子过分的疼爱，都笑话，有人说："引孙子，欠身子。"大哥听了只是一笑了之。

由于长期劳累，大哥积攒下了病根，终于病倒了。经检查是肝硬化晚期，大哥知道病时很淡定，仍然笑着，还给我们宽心，说人迟早得去那条路，让我们不要为他的病担心。

2013年6月初，大哥病危，几个娃娃都从外地赶回来依偎在他的身边，轮流伺候。年迈的父亲坐在大哥身边，拉着他的手老泪纵横。大哥已没力气坐起来，他挣扎着睁大眼睛，深情的望着父亲，用微弱的声音说："大，您别难过，生死路上无老少。我这辈子唯独遗憾的是，作为长子，我却不能给您苦上最后一把土。不过，您放心，我给满满（大哥的二儿子）安顿好了，让他替我完成做一个儿子应尽的责任。"

农历六月六的这天，大哥永远的离开了我们，他走地很安详。送走他之后，天突然下起了倾盆大雨，整整下了四十来天，有人说，这雨是福雨，大哥的后代子孙会越来越富贵。

记得大哥临走时拉住我的手吃力地说："妈走的时候将你托付给

我照顾，我因家口大却没有照顾好你，请你原谅大哥……"

大哥，我都记得，只要你在家里看见我，总是问寒问暖，总是给我好吃的，总是给我零花钱，你还要怎么照顾我呢？

而今，大哥离开我们已经六年了，每每想起他时，我就会去那个坝上走走，以此慰藉心灵。站在水坝边，蓝天白云倒映在清凌凌的碧水之中，如镜子一般，仿佛看见大哥微笑的脸庞，周围绿油油的庄稼，也似乎招着手向我传达对大哥的赞许，顿时，我就会感到格外的亲切与温暖。

大哥的一生是辛苦的，大哥的一生也是善良的。大哥一生从不为自己一个人活着，而是为大家活着。每年到大哥的忌日时，许多得到大哥帮助过的人就会情不自禁地流泪，就会百般地说大哥的好。

大哥，你在那边过得还好吗？

儿 子

儿子是在主麻日的那一天生的，阿訇给他起的经文名字是"主麻"。但这个经名却重我堂弟的名字，于是，我就给他另取名为"明明"，意思是让他长大以后比我和他爸爸更聪明一些。

上小学的时候，儿子的衣服常常由我来洗。万一我忙，他便自个洗，由于年龄小，加之他一直帮我干活，衣服太脏，总是洗不干净。饭汤、墨水点、油渍污垢明油油的，他也不嫌弃，就那样穿上去学校了。

后来，我将孩子们转到了县城上学，为了生计，我常年在手机店打工。店里规定多，管理严，家里顾不上打理。后来我买来了一台洗衣机，让儿子和女儿抽空自己洗衣服。周末，上班族放假，正是卖手机的黄金时代，为了能多挣点钱，我中午不回家吃饭，家就留给儿子来操持。

儿子是我家的老大，也是我家唯一的男子汉。小女儿娜娜被我宠坏了，平时她做错事，我批评一下她就不服，嘟着嘴，脸拉得老长，有时拿眼睛瞪我。我脸稍微一沉，她就跺着脚，大声哭闹，两手左一把右一把地抹着眼泪。看到她哭了，我就不忍心了，只好顺着她。我就这样一而再，再而三地放纵，使她变得越来越任性，天为大，她为二了，一点都不把我放在眼里。可她怕哥哥，只要儿子喊一声，她就乖乖地在一边呆着，还要看哥哥的脸色行事。哥哥说一她不敢二，让她站她就站，让她坐她就坐，让她写作业她就乖乖写作业。作业出错，哥哥批评时，她低着头，咬着嘴唇，瓦（阴）着个脸，像个罪犯一样规规矩矩地站着。虽然心里极不舒服，但她不敢掉眼泪，更不敢顶撞哥哥，就按哥哥的指令重新写。有时候看到儿子为难小女儿，我于心不忍，批评儿子对妹妹太狠了。儿子知道我心疼娜娜，他就当着妹妹们的面指责我，说娜娜的坏毛病全是我惯出来的。他还在背地里对我说："妈妈，以后我管妹妹们时，你就别再插手，你再搅和等于害了她们。"我觉得儿子管教有方，就把管理女儿们的事就交给了他。

自从儿子上了中学，他和妹妹们的生活起居我几乎没再管过。起床闹铃一响，他们伸手把眼睛两揉，一骨碌从床上爬起来，迅速穿上衣服，速速下床，洗脸刷牙。之后，随便吃口馍馍，喝点水就去学校了。

店里中午吃饭只给一个小时的时间，有时候还要倒班，不能按时按点的给孩子做饭。早上的时候，我便把菜切好，擀好面皮，炖开水灌在暖壶里。到中午的时候，儿子负责下面，碗筷锅也由他和妹妹轮流洗。

当然，随着年龄的增长儿子就开始变得臭美了。早晨洗脸后，在镜子面前左照右照，一会儿将头发梳个中分，一会儿梳个偏分，一会儿将后面的头发梳在前面，一会儿又将前面的头发梳在后面。在穿好的衣服上拍拍打打，前后左右的照一圈圈，觉得自己满意了才去学校。

我想起以前的日子他可不是这样的，如果我不提醒，他穿上一件衣服根本不知道换洗，衣服袖口上、衣襟上总是脏兮兮的。如今，不用我说，一有时间他就站在镜子前尽情地打扮，在镜子里不停地瞅着自己，照了前身又照背影。发现衣服脏了，随时洗净，立马换上干净的，一周换两三次衣服呢。

有时候，儿子的电话响了，他在我面前不接，躲到没人的地方去接。"臭小子，和谁通话还背着我？"我故意问。"妈妈，是我同学。"他一边给我解释，一边又继续和同学说着。大女儿红红看到哥哥鬼鬼祟祟的样子，就向我眨眼睛，趁儿子不注意时，跑过来，将嘴搭在我的耳朵上，悄悄地说："打电话的可能是我哥哥的女同学。"儿子发现我们的神情，脸一红，微微一笑。

时光如梭，转眼间儿子已是一个大小伙子，变得越来越爱干净了。有一天我加晚班，儿子骑电动车来店里接我，回家后，家里焕然一新，窗明几净。看到家里异常整齐干净，我心里特别高兴，一天的疲惫消失得无影无踪。我仔细地打量了一番，桌面上各种书籍、墨水瓶、杯子各就其位，井然有序，擦得干干净净，就连炉盖上的黑铝壶也变得白白亮亮。我又扫了一眼床上，被套、枕巾、床单都跟新的一样。那个被套很难套，我以为是儿子叫别人弄的。一问才知是他和大妹两个缝上去的，缝得很舒展，被子在床上叠地整整齐齐，有棱有角，比我平常收拾的整齐多了。我都有点不相信自己的眼睛。

有一年暑假，由于我身体不好没去打工。儿子放学回来嚷着要去打工，我不让他去，我知道学生的工价很低，再者，如今的社会，外面很乱、诱惑很大，我怕影响到儿子。他执意要去，说体验一下生活。现在他已长大了，能分清是非，他会听我的话的。大道理给我讲了一大堆，他更像个大人，我倒像个孩子，最后无奈只能随他去了。

儿子打工的时候，果然听话，按时按点回家，偶尔跟同学玩时提前就给我打电话。出乎我意料的是儿子也是个勤俭节约的孩子，他把店里别人不用的东西统统收在一起，拿回家。起初，我见他拿来的半盒餐纸就批评了他，让他不要随便拿店里的东西。他笑笑说："妈妈，如果这些东西我不拿来，只能扔垃圾箱了，是别人不再用的，我看好着呢，扔了有点可惜，所以收回来了。老板是知道的，不是我随便的。"

听了他的解释后，我既高兴又心酸。高兴的是他懂得节约，心酸的是在那么大的店里，那么多的店员面前，他捡这些别人不用的东西时，需要多大的勇气，别人会怎样看他。可是他全然不顾我反对，把店里要扔掉的有用的东西依旧往家里带。

后来，儿子去外面上学了，他隔几天打电话过来问："妈妈，你最近身体好吗？红红最近学习怎么样？娜娜还再惹你生气吗？"

还没等我回答时，小女儿接过电话说："哥哥，我想你了，妈妈最近身体好着呢！我也听话，我姐的学习好呢。"

"那就好，那就好，哥哥也想你了。"儿子在那一头对小妹妹说。

"你的生活费还有吗？没了我给你打过去。"我从小女儿手中接过电话对儿子说。

"还有呢，妈妈，没了我给你说一声。"

别人家每月给孩子打一千元的生活费，我钱宽余了就给儿子打七百，紧了就打五百。我知道，五百块钱儿子根本不够用，七百也紧紧张张的。学校里的一顿饭十几元，一天两顿就要二十几元，他还得养活手机。

有一次，我去学校看儿子，他瘦得跟干柴棍似的，我的心在隐隐作痛。我将身上的钱全部给了他，他又给我退回来了两张，说："妹妹们也得花钱。"我又塞进他的手里说："你现在正是长身体的时候，要好好吃饭，再给自己多买几本书，少玩手机，钱的事你不要愁了，我想办法。"儿子嗯了一声。背过儿子，我到他同学跟前打听了一下儿子的情况，得知儿子每天只吃两包方便面。

此后，我每月就给儿子多打点钱。不管咋样，不能让孩子在学校饿肚子。

儿子每次放假回来时，他总会给我和女儿们买好吃的，自己却不吃，骗我们说他吃过了。我心情不好的时候，他常常开导我："妈妈，你把心情放好，好好地养病，家里的事就别再操心，有我呢。"

我很庆幸自己有这么一个体贴入微的儿子。每当看到他或者想起他，我心里的烦恼就被抛到九霄云外。

温暖的眼神

我喜欢注视远方，远方不仅有我所不熟悉的风景，还有一双眼睛亲切地注视着我，它明亮、温暖，给我以希望和力量。

我是一个农民，出生在西吉县高同五队，家中很贫困，我连中学都没读完，是一个普通的农村妇女。

结婚后，由于生活压力大，生计繁忙，很久没有碰过书本。直到2012年时，我将孩子转到县城读书。在陪孩子写作业时，偶尔看看孩子的课本。那时，日子极为拮据，连给孩子买学习资料的钱都没有，哪有钱给我买书呢。

烦闷之时，偶尔写写日记，以此来释放心中的郁闷。由于自身生活的不如意，我常常很自卑。有时，在大街上偶遇老师或同学，生怕他们笑话我，连跟他们打招呼的勇气都没有，早早就避开了。每每看到别人的精彩生活，我的负面情绪就不断滋长，像藤蔓一般缠住我。我就时常坐在荒凉的山上，茫然地望着远方，默默地沉浸在自我封闭的小圈子里，舔着痛苦的伤口不能自拔……

可是我做梦都没有想到，我这个山旮旯儿的农家妇女能见到中国文联主席、中国作协主席铁凝，更没有想到铁主席会亲自来看望我。

长久以来，我一直有一种期望，期待有朝一日能够凭借自己的努力，立足社会一角，实现自我价值，获得社会的认可。那一天，得知铁凝主席要来出租屋看我，我既兴奋又紧张。心如飞絮，激动得难以自控，老早就跑到路口张望，目光穿过茫茫的大山，努力去寻找铁主席的身影。那时，我觉得时间像灌了铅，走得那么慢，又如一个狭小的盒子，令我窒息难耐。

我望眼欲穿，等了好久好久，终于看见远处的山路上隐约出现了几辆小车。望着小车越来越近时，我激动的泪水一拨一拨地流过了脸颊。那一刻，我眼前的天空豁然开朗，发现自己成了世界上最幸福的人，最幸运的人。

车子终于抵达我出租屋的路口。待车停下，我就急忙跑过去，一下子握住铁主席的手，心里真的如吃糖喝蜜一样，连走路的姿势也与往常不一样。铁主席好像早就知道我的情况，她一下车就不断地询问我的情况，娃娃们都去学校了吧，最近忙不忙？有时间写作吗？大概什么时间写？现在都写些什么体裁的文章？她那温暖柔和的话语让我找到了母爱的感觉，心里暖和得如同冬月里的火炉子。

铁主席一点也没有领导的架子，她衣着朴素，不施粉黛，却透射出一种难以言说的高贵和大度。走进出租屋，我笑着给铁主席让座，然后忙着端茶倒水。主席看到我忙乎的样子，轻声慢语地说：小花，别忙乎了，坐下暖暖。主席拉着我的手坐在炕沿上，嘘寒问暖，常年孤独绝望和被生活围困的我，如同投进母亲的怀抱，觉得自己一下子突然变小了很多，像个小孩似的，依偎在铁主席的身旁，游弋在温暖的港湾，一股浓浓的幸福笼罩了我的周身，一种从未有过的兴奋冲击着我的心田。

铁主席的手就像暖暖的火炉，炙烤着我布满老茧的手。她笑眯眯地将脸侧向我，说："你写的《磨难的岁月》我早看了，故事苦难，悲情，让人感动。你既种地又打工，还要操心孩子的生活起居，能坚持文学创作，实在不易。有文学的滋润，你并不贫困，好好地看书，好好地创作，日子会越来越好的。文学不可能立即给你带来物质上的满足，但可以抚慰心灵，照亮你的生活和人生，同时，也会让你变得宽容、善良，学会忍让。"铁主席还对我说，即便创作条件艰苦，也要坚持下去，灵感是笨的，生活是不朽的。要多读书，一个人读一本书是和自己在一起，而在网上阅读是和机器在一起。

紧接着铁主席询问我有几个孩子，大的多大？小的多大？大的上几年级？小的上几年级？出租屋一月多少？电费一月多少？水费一月多少？你现在拉扯孩子很辛苦，等孩子们长大了，你就好过了……

那天，主席的每一句关心都触动了我的心灵，她那热情、和蔼的语言，让我在心里真真切切感到了丝丝暖意，心里像住进了一个大大的太阳，平日里沉默木讷的我突然间变得性格奔放开朗，话也无形中多了起来。

相见难，别更难，主席临走的时候，她的眼眶里噙满了泪花，我更是热泪盈眶，充满不舍。我心里的激动与感动无法用语言来形容。虽然不舍，还是要离别，我恋恋不舍地将主席一直送上车，直到看不见她的车辆为止。

这时我才发现自己的泪水又挂满了脸颊，这时我才如梦方醒——刚才，一个中国文学界最高领导人来看一个基层文字爱好者，铁主席和我这样的业余作者心连心。

铁主席的到来，是我有生以来最开心的一天；铁主席的到来，是我最大的精神支柱，使我有了重新生活的勇气；铁主席的到来，给我的生活增添了一道靓丽的风景；铁主席的到来，给了我坚持文学创作的巨大动力，激起了我坚持创作的热情；铁主席的到来，让我的生活从此有了情趣，使我多了一份兴奋与自信；铁主席的到来，让我感到了无比的自豪与骄傲，使我感慨万千：从小到现在，除了妈妈之外，再没有人像铁主席这样关注与支持我的生活……

铁主席回北京了，北京离西吉很远，可是她的每一句话都深深地刻在我的脑海，牢牢地扎根在我的心底里，鼓励着我用写作丰富我的人生。

与铁主席的相见，我感受到了一颗温暖的心，也看到了一双信赖而美丽的眼睛，她来自北京！来自中国作协！

桃　姐

桃姐是我在鲁迅文学院第二十届少数民族作家培训班认识的同学。她也是我们宁夏的同乡，更是从我们西吉县走出去的回族女作家。

第一次见桃姐就给我留下了难忘的印象。她有一头飘逸蓬松的波浪试秀发，秀发衬托出一张干净纯洁的瓜子脸，肤色白润光洁，身材窈窕，一身端庄合体衣着，再加她那种特有的走路风姿，给人春风摆柳、英姿飒爽的感觉。

我特喜欢桃姐走路的样子，我们在一起走路时，我常有意落在桃姐身后，偷偷学她走路，可无论我怎么模仿，也走不出桃姐那种独有的韵致来。

桃姐在政法部门工作，看上去干练清爽，意气风发。和她相处的那段日子里，桃姐给我留下了深刻的印象。桃姐与人会面总是眯眯一笑，让人觉得温暖亲切。在鲁院学习时，我跟桃姐相处的时间最长，几乎形影不离。上街买生活用品时，她总是抢着付钱。买水果零食也是如此，常常让我觉得窘迫尴尬。她眯眯一笑，依然如故。

有一次，我和桃姐到商店买日用品时，怕她付钱，我就老早地把钱递给营业员，但又被她要了回来，她说她是姐姐，应该照顾妹妹，应该她付钱。无奈之下，我只好将自己的钱收回。桃姐不但在生活上处处关照我，还在思想上不断开导我，在精神上鼓励我。记得初到鲁院，我有种难以言说的自卑感，除了和桃姐交流外，见到其他人总是缩头缩脑的，连招呼都不敢打，因为我不会说普通话，用家乡话和大家交流，怕大家听不懂，会笑话我。桃姐发现后安慰我说："小花，来这里的人都是有文化、思想境界很高的人，他们不会笑话你的，你要自信点。"

有桃姐的相伴与鼓励，我渐渐地活跃了起来，开始用不规范的普通话与大家交流，也很快融入了鲁院这个大家庭中。

去鲁院时，我带了三套衣服，已觉得很多了，可是到了之后，才知道同学们带得更多，尤其是女同学，几乎每天都会换不同的衣服穿。桃姐发现我老是穿那么几件，就带我去逛街。我跟在桃姐的身后，东望望，西眺眺。

"小花，小心车！"桃姐时刻提醒我。

"知道了，姐。"我嘴上应付着，可目光没有收回，那繁华城市的美景深深地吸引着我的眼球，仍然四处张望，像个淘气不听话的孩子。

在服装店，桃姐看中一件黑色的毛衣，说："营业员，请把上面挂的那件黑颜色的毛衣给我取下来。"

"稍等。"营业员微笑着说，随后转过身，将立在墙壁的取衣服的细长杆子举起来向上一挑，衣服被钩了下来，递给了桃姐。

"小花，快过来试试。"桃姐双手提着那件毛衣，看着我微笑着说。

我有点不好意思，不敢走近桃姐。

"快拿到试衣间试一下，看合适不？"桃姐走近我说。

她的手搭在我肩上轻轻地拍着，我拗不过她，只好去试，结果穿上恰好合身。她又给我选了一条漂亮的纱巾围在我脖子上，说很适合我，接着她还要选其他衣服，被我拦住了。"家里有衣服，只是没带。"我对桃姐说。

"来一次北京不容易，买几件北京的衣服，作个念想吧。"桃姐看了我一眼说，我会意地笑了。

看到桃姐对我这么关心体贴，我感到温馨无比，喜悦弥漫在脸上，弥漫在心田里。

路过水果店时，桃姐牵着我的手走了进去。"小花，想吃什么水果，自个儿选，千万别客气。"

买衣服已花去桃姐的好几百块钱，再花她的钱，我实在是不好意思。我呆呆地站在那里，看着各种各样的水果，不知如何是好！

桃姐看到我傻站在那里，她根据我平常的口味，选了几种我爱吃的水果，让营业员装起来。

往回走时，我俩的两手都有四五个塑料袋子，袋子里的东西沉甸甸的。我不好意思地对桃姐说："桃姐，每次买东西都是你掏钱，今天又给我买了衣服，我都不敢跟你逛街了。"

桃姐笑着说："别想那么多了，姐姐关心妹妹也是天经地义的。"

那天，我的脚步很轻很轻，脸上的笑容一波又一波地荡漾着。

星期天外出游玩时，坐地铁、班车桃姐总是为我付车费。上下车时，她都拉着我的手，就连上卫生间，她都一直陪着我，怕我走丢。

院里组织外出社会实践，一路上桃姐对我更是无微不至地照顾。她为我俩买了水果、糕点和其他零食。在班车上我睡着了，当我醒来时，我才知道桃姐怕我着凉，把她的棉衣盖在了我的身上。

上飞机时，桃姐怕我落在后面，就一个劲地招呼我："小花跟紧，小花跟紧。"我也不断地应着。上了飞机，按票号入座，我和桃姐被分开了，我看不到桃姐，桃姐看不到我，当我正着急时，手机响了，是桃姐的号。"小花，你在哪呢？上飞机了吗？我怎么看不到你？"桃姐在电话的那头着急地问我。

"姐姐，我上来了。"我对桃姐说。

"上来了就好，那我就放心了，有事随时给我电话。"桃姐给我安顿着。

在飞机上我找不到卫生间，就先去找桃姐。桃姐将我带到了卫生间，我却找不到冲水的水龙头，桃姐跑进去帮我冲水，让我觉得很难为情。她笑眯眯地说："没事没事，跟姐姐还讲究啥。"

桃姐不仅对我好，对其他人也很好。记得我们旅游的时候，在西出阳关时，天已黑了，导游们催着我们快点上车。在路上，我们碰到了一位卖红枣的大姐，她皮肤黝黑，胳膊上挎着卖剩的半篮子红枣，走近我们，满脸堆笑央求我们买点。

"不了，不了，我们在赶时间。"一位同学向这位大姐摆摆手说。

她走到另一个同学面前说："这是自家树上的枣，香甜好吃，就剩这点了，买上一点吧。"

"不好意思，大姐，我忙着赶车呢，你听司机催得很紧。"另一个同学说。

大姐一个又一个地接着问，同学们都摇头拒绝了。她有些尴尬，有些无奈。但她没有灰心，继续徘徊在人群中，不厌其烦地向游客吆喝："买点枣吧，买上吧！"

看到这位大姐，我想起自己当年卖玉米的情景，本想帮忙买一点，可一想我包里有桃姐买的两包还没有吃完，于是满怀歉意地走开。

桃姐最后一个上车，回来时手里提着两斤大枣，乐呵呵地喊大家一起吃。

"姐，咱们买的还没有吃完，你怎么又买了那么多？"我不解地问。

桃姐微微一笑说："天黑了，我看这位大姐也不容易，就帮她消费一点了。"桃姐的话让我羞红了脸。

快结业的时候，我们的班长心脏病突发，在朝阳区医院住院了。桃姐听到后，买来了水果叫上我去医院看望班长，还抽空去医院给班长送饭，直到班长的家人来后，她才离开了医院。

　　桃姐如果不想吃早餐或者外出时，她总是提前给我打电话安顿，要是我有事给她打电话，她总是不接，用她的电话再打过来。开头，我以为桃姐跟别人通话，后来才明白，她是在给我节省电话费呢，直到如今也是如此。

　　跟桃姐待的时间长了，觉得她比我的亲人还亲，友情把我俩深深地挽在了一起。桃姐不在的日子里，我老觉得心里空荡荡的，跟没娘的孩子似的。

　　有一天，桃姐跟同学们出去玩了，我由于身体不舒服就没去成，那天觉得天气特长。我从四楼跑到一楼，再从一楼到四楼，不见同学的影儿，也不见桃姐回来，望着冷清的校园，心里感到无限的孤独和酸楚。最后，我一下人在一楼的大厅里孤零零地等着桃姐。下午五点左右，桃姐来了，我跑过去一把将桃姐紧紧抱住，觉得她回来了，我的心里终于踏实了。

　　最让我钦佩的是桃姐那种笔耕不辍的精神。每天晚上，桃姐伏在桌前，守在电脑旁，除了整理当天的学习笔记、照片外，还写每天的所思所感，处理单位给她传来的文件，撰写大型公文材料。这么多的事，她竟然一样都没有落下。

　　桃姐是个全才，诗歌、散文、小说，还有新闻宣传、理论调研，样样能写。她不但文采好，做事也有条不紊。临近回家的时候，桃姐联系了快递，把我们买的东西和同学们送的书提前往回寄，以减轻我们返程路途的负担。我从来都没有寄过东西，也没有填写过快递单，怕填错弄丢了，再说，从北京往宁夏寄送东西，我心里也很不踏实。

桃姐说："现在的快递服务都很好的，不用担心，一般是不会出茬儿的。"桃姐帮我填了快递单，帮我们一起邮寄了东西。后来在我学习结束返回家后，没几天快递的东西也平顺到家了。

从小到大，除了妈妈，在我心里还没有谁能让我为之肃然起敬，桃姐暖暖的呵护和陪伴让我终生难忘。

借鲁院的学习机会让我认识了桃姐，也结识了很多来自全国各地的朋友。如今重新回到西海固的小县城，每天在打工干活的间隙，我会偶尔恍惚，记起那段难忘的日子和那时候认识的人，尤其是桃姐，她似乎总是在不远处望着我，笑眯眯的，鼓励我好好生活，好好拉扯孩子，好好坚持写作。

蒙丽娟

盛夏，湛蓝的天空没有一丝云彩，太阳似火炉般炙烤着大地。晒得人眼睛发麻，皮肤生疼。街道里的几只流浪狗，伸着猩红的长舌，哈着热气，一边走，一边东望望，西瞧瞧，似在寻找理想的避难所。

一群人背着从野外挑来的苦苦菜，穿梭在大街小巷不停地吆喝"卖苦苦菜啰，卖苦苦菜啰"，声音悠长而凄凉……

我坐在电脑旁给一位顾客的手机装程序，突然听到有人说："这位老奶奶又来了！"声音有点埋怨，有点反感。我忙里偷闲地抬起头瞄了一眼，原来是卖苦苦菜的老奶奶。

"喂！姑娘，这是我从乡下的野地里挑来的苦苦菜，真正的绿色食品，买上吧？就剩下这些了，价钱上给你们便宜一点，一食品袋五块钱。"她佝偻着身体，衣服褴褛，干枯粗糙的双手将塑料袋里的苦苦菜放到了手机柜台上，期盼有人来买。

"快把你的菜拿下去，别把我们的柜台弄脏了！"一位店员不屑地说。

老奶奶怯怯地看着她，皱皱巴巴的手伸出来，缩回去，两手互相搓着，用乞求的口气说："姑娘，行个好，买了吧，就这么一点了，我拣干净着呢，你拿回去在开水里一烫，凉水浸泡一会儿，用清水洗干净，拌上油盐酱醋，吃起来香得很！我实在是乏着再转不动了。"

"快拿走，我中午只有一小时的休息时间，吃现成饭都很紧张，那有闲时间做这个？你的一把野菜还要五块钱？真会做生意。"店员瞟了老奶奶一眼说。

"唉！人老眼花，手脚不灵便了。干起活来手脚僵硬，吃力得很，这些菜是我费了好长时间，从杂草堆里一朵一朵地挑出来的。"老奶奶苦诉着。

"快把你的菜拿出去，这是闲人做着吃的，我们都忙着呢，没人要，再不要麻烦人了。快走！快走！你耗在这里影响我们的生意，知道吗？我们这里是卖手机的，不是菜市场。"店员粗声吼道。

苦苦菜围着柜台转了一大圈被拒绝了，老奶奶显得无助、失望、尴尬、无奈。她摇着头将柜台上的苦苦菜收了回来，用袖口把柜台擦了擦。

当老奶奶提着苦苦菜失望地朝店里往出走时，恰巧从门里进来了一位秀气的女人，和老奶奶碰了个满怀。她微笑着将老奶奶的苦苦菜全部买下，店员们看到，愕然了。她，就是蒙丽娟。

此后，老奶奶隔三差五地来我们店卖苦苦菜。

蒙丽娟是西吉商城一楼中国移动金品手机店的负责人。店员和顾客都称她为老板娘。她30来岁，苗条的身材，一绺靓丽的秀发微微飞舞，细长的柳眉，有神的眼睛，秀挺的鼻子，娇艳欲滴的唇，白皙的脸上似乎挂着水儿。她稳重端庄，走起路来轻脚慢步，待人接物更是有一种出尘的气质。她有个特点，买东西时，总喜欢买一对，买衣服也是如此，一样的款式拿两种不同的颜色。她还喜欢网购，有些衣服购来穿不成，她对着衣服一笑了之，然后会送给合身的朋友。

四年前，经过司某的介绍，我来到金品手机店打工。有一天中午，我和同事们聊得正欢，突然，店里进来了一位美丽如花的女子，手拉着一个跟她长得极像的小男孩。我顿时收敛了平时那种豪放的性格，毕恭毕敬地对她说："你好，请问你交话费还是买手机，最近有一款新上市的手机……"我滔滔不绝地给她介绍手机的功能和材质。她冲我微微一笑，露出了整齐洁白的牙齿。

司某咯咯一笑，说："小单，这是咱们店的老板娘！"

"啊？！"我恍然大悟，脸刷地一下红了。

蒙丽娟和蔼可亲地说："别拘谨，大家在一起就是姐妹，互相照顾。"之后，又冲我微微一笑，笑容很纯真。

"你们吃过午饭了吗？店里冷不冷？"她问大家。那嘘寒问暖的语气，使我没了之前的紧张与拘谨，心里顿时涌出一股暖流。

她不喜欢大家叫她老板娘，要求大家叫她小蒙。在我们店里，司某和我的年龄大些，蒙丽娟称司某为司姐，称我单姐，跟她同龄的比她小的都称小王、小李等。

蒙丽娟在外面时，衣服穿得华丽，但一到店里立马换上工作服，跟大家一起站在柜台前，跟店员一样给顾客介绍手机的功能，大家不会操作的就去问她，她总是耐心地讲解，细心地指导。她不懂的就虚心向大家请教，店员给她讲时，她就拿出笔和本子，像个学生一样边听边记。如果大家不说，别人根本不相信她是老板娘。

为了公平竞争，蒙丽娟定了个制度，若问了第一个顾客的人，就不能再问第二个了。至于顾客买不买手机，那就是你的运气了。这个制度的实行，大大减少了大家因为争抢顾客的矛盾，再也没有那么多的是是非非。

店里规定，每月只有两天休假。可由于我丈夫常年在外，家里家外的事都要我一人操持。有时孩子的事、老人有病迫使我不得不请假，蒙丽娟善解人意，她从来都没有难为过我，抱怨过我，只要我有事就随时走人。店员看到我的情况特殊有点不满，她笑着解释道，单姐那是没办法的事，大家应该多多体谅、理解！

蒙丽娟做事顾全大局，心胸宽广，以理服人。我由于家庭压力大，有时候，情绪莫名的低落和惆怅。性格直率，不会掩饰自己的情感，心情好与不好会立即写在脸上，让人一看一目了然。由于天生的愚笨和家境的贫寒，店里的有些人常拿白眼挤兑我，心里很不好受。脾气越来越差，变得任性、敏感、脆弱、孤僻、伤感、多疑，缺乏耐心，意志薄弱……一大堆贯彻于血脉中的毛病，常常使我不温存，不宽容，不谦让，糊涂、不克己。我动不动跟店员、顾客吵架，回到家里动不动拿孩子撒气，吓得孩子都不敢接近我，人完全失去了理智。蒙丽娟看出了其中的端倪，她开导我说："单姐，我知道你家庭压力大，心情常常不好，要好好地调整一下，再不能把坏心情带到店里来，这样影响不好。"听了她的话后，我羞愧地低下了头。内心渐渐滋生了由衷的喜悦和丰润的情怀，对别人的指责烟消云散，脾气慢慢地有了好转。

长时间的干一种工作，人就会反感、郁闷，尤其像我们干这种工作，一年四季在店里坐着。蒙丽娟为了让我们放松一下心情，叫上她老公开车拉我们去外面兜兜风，看看碧水蓝天，鸟语花香……

蒙丽娟，她虽然比我年龄小，但是她的社会经验比我丰富得多，她让我学会了做人的道理与处事的方法。

云　姐

云姐高高的个子，洁白的脸庞，柳叶眉，大眼睛，棕红色的头发，身姿妩媚妖娆，穿戴时髦，像个演员。

和云姐第一次见面，她给我的印象是：饱满、热情、如阳光下的向日葵。我以为她比我小，就称她为晓云。她看着我笑笑说："小花，我比你大得多，我已四十多岁了，两个孩子都上大学了。"我将信将疑看了她一眼，四十多岁的人竟然这么年轻！看着一点也不像。人都喜欢听别人说自己年轻，尤其是女人更喜欢，云姐听我说她年轻，脸上的表情一下子放松了，舒展成一个灿烂的笑，像三月里盛开的桃花。

看到云姐这么年轻漂亮，我觉得她的生活一定过得很滋润。经过长时间的来往，我得知她的生活并不是我想象的那样，她曾经历了常人无法承受的苦难，之所以有今天的幸福，都与她的聪慧和宽广的心胸有关。

云姐在上高中那会儿，由于家里经济困窘，父母年老，加之那时重男轻女的思想，家里人不再支持她去上学，说女孩子多少识几个字就行，书念得再多是别人家的一口子。无奈之下，云姐不得不辍学在家。农村的女孩子，一旦不上学，只有一条路可走——嫁人。

一天，炽烈的太阳挂在天边，云姐家来了一位媒婆，给云姐介绍对象。对方是一位乡村教师，那年头，一个农村姑娘能嫁给一个端公家饭碗的人，如掉进了蜜罐，用我们农村话来说，就是一步登天。云姐的幸运让本村很多姑娘羡慕。

云姐的丈夫名叫卫平。长得高大帅气，鼻梁上架着一副近视眼镜，显得温文尔雅。云姐每看到他，就笑嘻嘻的，露出两排洁白的牙齿，如一朵绽放的莲花。

云姐说，刚结婚那会儿，卫平什么事都顺着她，她时常在他面前撒娇。有一天，她搂着他的脖子，眼看着他说："卫平，我打算再复读一年。"他笑着点头。后来，公婆知道她复读的事，坚决不同意，说女人应该待在家里，做好家务，伺候好丈夫。公婆担心云姐万一考上，就远走高飞了，就不再和卫平一起生活，到时落得个鸡飞蛋打。婆婆私下里还美美批评了卫平一顿。

无奈，云姐就和所有的农村妇女一样，每天伺候着一家老少的吃喝。尽管如此，有时候也遭受家里人的冷言冷语。云姐爱干净，一有时间就将家里打扫得亮亮堂堂，她自己也收拾得很光鲜。婆婆看到不高兴地说："一个农村人，天天和土打交道，新衣裳应该走亲戚时再穿，在家里穿得那么好看，咋干活？"云姐低着头说："我去地里时就换上旧衣裳。"有一次，村里某某家的儿子找了一个有工作的媳妇，婆婆羡慕得不成，说，看人家的娃娃命多大，取了个领工资的人，其他人也能沾沾光。云姐听后长长地出了一口气。

云姐一直在家待着，没有来钱的门路。她常常伸手向丈夫要，要的勤了丈夫也不乐意，有时脸凉凉地说："我不信给你的钱已花完了？你不省点花，照这样下去，有个银行也光了。"云姐听见丈夫冷冰冰的话，就不好意思再张口要了。这时她才知道，原来丈夫也不靠谱，心里思谋着得找个挣钱的门路，自己的零花钱就不需再愁。再也不因为钱的事看丈夫的脸色。可不巧的是，她那会儿已怀孕了，干什么也不方便，只能等着生了孩子再说。

时隔不久，云姐生了一个白白胖胖的男孩，孩子的到来给家里增添了无比的快乐，也将云姐的身份一下子提高了许多。一家人对云姐比平时热情了好多。婆婆疼孙子，让云姐照看孙子，她独揽了家务活。丈夫对云姐更是疼爱有加，从此云姐过上了无忧无虑的生活。

好景总是不长，有一天晚上，云姐的丈夫出去瞎转悠，深夜才回家。他在门前没缓，直接闯进孩子的屋里，可能是邪气冲着孩子了。用我们家乡话来说，孩子可能招了什么不对祸（不吉利），突然，孩子像被人掐住似的，张着嘴没命地哭，手不停地挥，脚不停地蹬。云姐哄不乖孩子，就顺手撩起衣襟给孩子喂奶，孩子摇摆着头，一个劲地哭，嘴根本按不到乳房上，一双小脚像在炒菜，云姐被孩子作整地满头大汗。公婆听见哭声来到儿媳的门前，敲窗拍门，婆婆骂骂咧咧："你们在屋里干啥呢？娃娃哭成这个样子也没人管。"云姐听见婆婆的唠叨，将孩子递给丈夫，她遛下炕给公婆开门。公婆进屋后，看见孩子不正常地哭，就破口大骂儿子不早点回家。之后，四口人轮流抱着孩子疯疯张张地向医院跑去。

孩子最终没有挽救过来，活蹦乱跳的孩子突然间就这么没了，对一家人打击很大，家里人开始互相埋怨。婆婆抱怨云姐将孩子没操心好，云姐责怪丈夫回家太晚。往常幸福的家里一下子罩满了冰霜，一家人都沉浸在痛苦中。

云姐几乎崩溃，她好几天水米没打牙，连走路的力气都没有。

看着日渐憔悴的云姐，家里人都为她的身体担心，尤其是云姐的父母更加担忧，便将云姐接回了家，还特意宰了几只鸽子雏儿，加了些热药材炖成汤，每天早晨让云姐喝一小碗。为了让云姐早日从痛苦中走出来，父母还拿出私房钱帮助云姐开了个小卖部。

有人说，时间是治疗伤口的最好药方，的确如此，云姐的身体慢慢地好了起来，小卖部的生意日见红火。可是，自从小孩没了之后，云姐再没有怀上孩子。婆婆时不时在云姐面前唉声叹气，抱怨云姐的肚子不争气，有意拿这件事难为云姐。云姐常常在没人的时候以泪洗面，夜深人静时，她独自走出院子，外面黑沉沉的一片，心想，她如今的生活就是如此。

别的女人有钱就买时尚的服装，高级化妆品，外出旅游。云姐把每天挣来的零钱存在一起，隔段日子就去医院检查，开单，吊针。西药中药吃了好几筐，药吃得她的嘴苦得像黄连。有时她还跑到庙里烧香求福。皇天不负有心人，过了两年，云姐终于生下了女儿，两年后又生下了儿子，她一天忙得团团转，可内心很踏实，因为孩子是连接夫妻的纽带，孩子给她撑了颜面，长了精神。云姐想，只要她把孩子操心好，以后的生活再没有后顾之忧。

卫平后来调到另一所学校，离家有点远。为了来去方便，他就买了一辆摩托车。有时，碰到同学或同事，他也顺便捎他们一程。有一天，学校调来了一位实习女教师，人也长得很漂亮。她与卫平是隔山邻居，卫平回家时就天天捎着她。这事让别人看到了，就在云姐面前说三道四。说卫平在学校里很悠闲，常常陪女同事走出走进，有时候还骑着摩托车送女同事回家，那女的还抱着卫平的腰，俩人亲热的跟两口子似的。云姐听了别人的描述，如一团火扑到了身上，扑腾一下着了。她跑到屋里，爬到炕上哭了，两股子眼泪瞬间从脸上垂到下巴上。从那以后，她变得郁郁寡欢，和丈夫没有太多交流。

后来为了孩子上学，云姐一家搬进城里住。云姐依旧伺候着一家人的吃喝，接送孩子是她的工作。当丈夫和孩子去学校，家里就留她一个人，像鬼一样，郁闷加无聊压得她喘不过气来。云姐就把自己的零花钱存下来，和丈夫商量后，在街道租了间大房子，办了个小学生语文补习班，效益很好。从此，她自信了很多，对丈夫的猜测也淡化了。起早贪黑，精心备课，耐心辅导，不仅教学生科学文化知识，还给他们教做人的道理。从一点一滴做起，解决学生生活中的细小问题，与学生们一起克服困难，一起分享快乐，她爱生如子的故事三天三夜也说不完。云姐用勤奋与坚守，爱心和热情对待着她的工作，赢得了家长的好评。大家都愿意假期将自己的孩子送到她身边补课。云姐在课堂上，用幽默的语言使课堂轻松愉快，笑声和掌声见证了课堂的效果；云姐微笑的眼神让学生们感到温暖，亲近；云姐轻声细语，嘘寒问暖如春天般温馨。真心的爱是催化剂，融洽和谐是主旋律，她根据学生的不同性格去鼓励他们，开导他们，支持他们，得到了学生的尊敬。学生们在她那里补课后，学习成绩提高了，家长高兴，就一传十，十传百，云姐的好名声就这样传开了，一批又一批的学生到她那里去补课，云姐的人生越来越精彩。

天有不测风云，人有旦夕祸福。很多事往往并不如人所愿。

后来，国家政策不允许办补习班，云姐就去乡下的学校当雇佣教师。当教师是辛苦和操劳的，尤其是农村教师，肩负更多的劳累和压力。农村学校条件差，教室地面高低不平，坑坑洼洼，窗户的玻璃破了好几个窟窿，黑板也豁豁牙牙，课桌也不够用，云姐就把桌子拉在一起摆在教室中间，两三个孩子挤在一起。

由于山里人的思想观念落后，学生每年都在不断减少，云姐开始一家家一户户地去做思想工作。由于住户分散，交通不便，云姐就拿着个打狗棒，步行而去。有时，还用她微薄的工资垫付学生的学杂费。她给家长说，要想让孩子走出大山，只有学好文化课才是真理，靠力气是没用的。有的家长觉得云姐说的在理，将孩子送回学校，有的还冷言冷语说，我们祖祖辈辈就在这里，乡里娃娃只要能会写自己的名字就算了，念多了没处用。面对那些顽固派，云姐无奈地摇了摇头。

　　每月只有八百元的工资，可她没有因工资少而冷落学生，冷淡工作，相反她更热爱这份工作，为学生付出的比正式教师多得多。

　　云姐对工作尽职尽责，也乐善好施。她中午在学校吃过饭后，就把学习差的学生叫到自己的宿舍，给学生耐心地讲解着他们不懂的作业，细心地教给他们学习方法，还将家里带的水果送给学生。在乡下，有些家庭仍然困难，孩子们经常穿着那么两件衣服，云姐就将自己的孩子小时候穿的衣服洗干净，送给那些贫困的学生。学生们的家长知道后，心里过意不去，就将家里的蔬菜拿到学校送给云姐，以表感谢。一来二去她就跟学生的家长熟悉了，云姐对孩子的家长说，我家里有许多旧衣服，如果你们不嫌弃的话，拿来你们穿。农村人常在地里劳作，衣服脏得快，破得快，听云姐给他们送衣服，高兴都来不及，怎会嫌弃呢！云姐就把不穿的衣服统统送给他们，以后的日子里，她和孩子的家长们亲得如同兄弟姐妹！

　　现在，云姐和她的丈夫在同一所小学教书。每月仅有八百元的工资，但她从来都没有抱怨过，一如既往地工作着。

王 娟

　　时光荏苒，岁月蹉跎，每当给手机贴膜或看见别人贴膜时，我脑海里就会浮现出那个小巧玲珑的王娟来。所有的一切历历在目，恍如昨日。

　　王娟，是我同事。个子瘦小，瓜子脸，眉毛浓黑，就像被墨笔描过，鼻尖小鼻梁直，上嘴唇比下嘴唇稍凸出一点，常常涂着一层淡淡的口红。头发烫染成紫红色的，在头顶上一圈一圈地盘着，像条盘卧的小蛇，又像只蜗牛。她时常穿着一身蓝色的工作服，因个子小，特喜欢穿高跟鞋，倒是更有一种小女人的精致。

　　王娟爱笑，见到人时总是眯眯一笑，让人顿感温暖。

　　记得我第一天去手机店时，同事们各忙各的，没有发现我的到来，我本想向她们打招呼，可看到她们忙碌的样子，不忍心打扰。我正不知所措，柜台中间一位推销员猛然抬起了头，她的目光正好和我的目光撞到了一起，我俩不约而同地笑了，一个简单的微笑，让我们相识了，她随即放下手里的笔和本子，笑着向我招手，示意让我到她的身边来。我面带笑容走近她，她盯着我的眼睛轻声慢语地问："你是来买手机还是交话费？"

　　"来打工的。"我看着她说。

　　"噢！店长这会忙，等她忙完了，你去领工作服，穿上工作服就可以和我在一起了。"说话期间，她冲我咧嘴一笑，露出一排洁白整齐的牙齿。

"知道了，谢谢！"我也笑着对她说。聊天中我了解到，她的名字叫王娟，是汉族，已经结婚，是两个小孩的妈妈了。要不是她亲口说，我还真有点不相信，她长着一张娃娃脸，看上去像个十七八岁的小姑娘，根本不像是两个孩子的母亲！

不一会儿，老板来了，他将大家叫在一起开会，老板说，新店员保底工资是八百，老店员是一千二，另外就是奖金加提成。每人每月必须完成三十部手机的量才能拿上全月的保底，手机的提成是按照ABCDE来计算的，还特意强调，顾客进店时，谁第一个问的就是谁的顾客，不允许抢别人的顾客。最后老板特意在大家面前提起我，说我是新来的店员，望大家多多关照。大家听着老板的话，一齐将目光投向我，点头微笑，看到老板和同事对我这么热情，心里甜滋滋的，好像一股清风掠过心头！会议在愉快的气氛中结束了，大家各就各位，我穿上工作服也成了店里的一员。

新店员学习的第一个环节是练习贴膜。记得店长将贴膜盒子从抽屉里取出来，放到柜台上，唰唰两下，擦布、手机贴膜专用刀、打火机、膜依次摆放在柜台上，很快，一部手机的膜就贴好了。这一连串动作就像快镜头，我还没看清楚她已经结束了。之后，店长让我学着她的样子练习贴膜，说先把普通膜学会了再学别的。还没等我表态她已扬长而去，留给我的只有看起来特别漠然的背影。

我该咋贴呢？我在心里嘀咕着，没敢说出口。我依在柜台前，皱着眉头，拿起膜纸按在手机上装模装样地贴。可油费了灯不亮，膜不是剪的大了就是小了，贴出的膜就像开水烫过的衣服，皱皱巴巴的。店长也不过来看我贴得怎么样，我也不敢去叫她，只能不懂装懂。我低着头站在柜台前，将手机屏幕上的膜撕了贴，贴了撕，糟蹋了一大堆膜纸，也没有贴出合格的膜来，灰心丧气地将膜推到了一边。

有同事看到我笨手笨脚的样子，在一边窃窃私语。一个对另一个说，她进店第一天就学会了贴膜。听着她们的谈话，我像泄了气的皮球，一蹶不振。王娟看穿了我的心思，她笑着走到我的身边，在我的肩膀上轻轻地拍了一下，柔声细语地说："单姐，别灰心，万事开头难，我刚来也是这样，凡事得有个过程，时间久了自然而然就会了。说话之间，她手把手的教我。我目不转睛地看着每一个过程，将每一个动作都牢记在心。给手机贴膜时，先将手机平放在膜上面，左手摁住手机和膜，按量好的尺寸拿剪刀慢慢地进行裁剪，之后又将裁剪好的膜敷在手机屏上，用左手的拇指和食指夹住膜的一端，再用右手的指尖轻轻地划开膜的开端，然后左手捏住膜轻轻向下滑，右手握住刮板慢慢地从上向下滑，左手滑多快右手也要滑多快，不然，膜里就钻进了空气，贴出的膜就缕缕道道。膜贴好后，一定要用刀片剜开听筒，不然膜堵住了听筒，顾客听不到对方打电话的声音，就来找你的麻烦。"王娟低着头一边给我做示范一边讲解。

之后，她看着让我贴膜，并及时纠正我不对的姿势。我按照她的指导，学着她的样子连续操作了几遍，虽然没她贴的好看，但比我之前贴的进步多了。我激动的用胳膊紧紧的搂住了王娟的肩头。她看到我高兴地样子，笑眯了眼。

王娟见到陌生人时显得有点腼腆，说话时声音小且慢，总是让人听不清楚。我时常向她问二遍，她从来不生气，总是耐心回答。由于她声音小，经常接不上顾客，偶尔碰到个顾客，也常常被别的同事抢去。她不跟同事争吵，也不去给老板告状，只是淡淡一笑了之。为此，几乎每天都开不了张，我为她焦虑，就对她说："你再不能这样让着别人了，一次两次也没什么，长期下去，你的亏就吃大了。你算过没有，如果人家抢去的手机是个 E，也就罢了，可抢去一个 A，多可惜啊！"我拉前比后地讲了一番，让她不要再听之任之了。她听后仍然笑着说没事，一副满不在乎的样子，我无奈地摇了摇头。

没顾客的时，王娟常常催促我练习贴膜，熟悉手机的功能，并且给我讲解贴膜的技巧以及智能手机的操作方法。在王娟认真地指导和耐心地讲解下，我终于学会了使用智能手机和给手机贴膜的技巧。

我是个笨学生，王娟是个耐心极好的老师。我有时候甚至百思不得其解，王娟与我非情非故，何以对我这么好？我甚至异想天开，也许这丫头上辈子欠了我什么吧！这样一想心里的感念之情多得都要溢出来了。

就在王娟教我学会贴膜没多久，她因其他原因离开了手机店。

我就像刚刚展翅飞翔的小燕子一样，一边感念着王娟，一边觉得我可以让王娟放心。

如今在店里，我可以独当一面了，这自然也是王娟最愿意看到的。

我们都把一腔难舍之情，思念之情深深珍藏在心底，我永远记着王娟的好，无论何时何地。

绿色的脸盆架

　　每次去娘家时，一进门映入眼帘的总是那个倚在墙角、褪了色的绿色脸盆架。看见它，吴红梅的笑容就立刻浮现在我眼前，清晰可见，如同昨天。

　　吴红梅是我的小学同学，她性格开朗，对人和气。中等个子，瓜子脸，小麦肤色，头发又粗又黑。小学三年级的时候，红梅插进我们班。身着一套红西装，连脸面也映得红彤彤的。她爱笑，一笑露出一口洁白整齐的牙齿，两颗尖尖的虎牙格外漂亮。她坐在我的后一排。

　　记得吴红梅来的第一天，她在我后背轻轻地拍了一巴掌，微微一笑说："喂！你叫啥名字？请问办公室在哪里？水房子在哪？"我转身给她一一作了回答，她就像听课似的认真地听着，笑着。她数学学得好，尤其口算能力特强，比班里的男同学都算得快。我遇到不会做的数学题时，就背过身子去问她，我俩头对着头，面对着面，她总是耐心地给我讲解。我脑子笨，反应慢，一遍听不懂，就缠着让她给我讲二遍。她不嫌麻烦，总是笑着讲着，直到我听懂为止。很快我俩就熟悉了。每次下课后，我走哪里，她就跟到哪里，连上卫生间也一起去。时间久了，她就像我的影子，想甩也甩不掉。

　　记得那时候，兴"抓羊拐"活动。一下课，我们就找好搭档，一屁股坐在楼道里开始玩起来。红梅倚在我身旁看着，班里有位女同学叫美美，经常爱耍滑头，明明抓错了，却死不承认，硬是往过抵赖，我面情软，怕因玩耍得罪了美美，对此事没在意。红梅眼尖，性格直爽，她容不得精明人欺负老实人，站出来直接对美美同学说："你抓错了，还不停下让给别人。"美美立即涨红了脸，倏地站起，跳脚大骂红梅："爱管闲事多吃屁。"红梅没有骂她，静静地瞅着她的无理取闹。看到红梅因维护我而挨别人的恶骂，我感到愧疚，就拉着她到另一边玩去了。

　　此后，我俩走得更近了。我家离学校比较远，最让我头疼的是每天要经过一条河流。胆小怕事的我，不敢过河，每次到河边时，同伴就挤眉弄眼地互相使眼色，示意让我先过河。看着湍急的河流，我就眼花头晕，腿发软，脚发抖，我缩着头退到了后面，让他们先过，我站在一边看着。他们一个个都显得从容镇定，脚像蜻蜓点水，很快地在石头上一跳，轻而易举地跨过去了。我学着他们的样子，在河边挣扎了一会，还是不敢过去。然后掉头回去，蹲在地上脱了鞋袜，挽起裤管，准备过河。看到我的样子，大家投来了蔑视的目光，有两个还捂住鼻子互相挤眼，有的交头接耳……看到这一幕时，我的心情糟糕透顶。

　　有一次，一个初冬的早晨，河水没有冻严实。我跌在了河里，两只鞋湿透了，脚和脚腕冻得青红，穿着鞋子和没穿鞋子一个样，冷风直往我鞋里灌，寒气渗入骨髓，两只脚钻心的疼痛。到教室后，两脚被泡得膨胀酸疼。我将鞋脱了，把脚搭在板凳的腿上，原以为会好受些，谁知还是不好受，凉凉的木木的，感觉好像不是我的脚。只好穿上鞋子，鞋里面湿湿的，粘粘的，更不好受，可是我没有一点别的办法。正当我为难时，红梅来到了我身边，让我脱了湿袜子，穿上她的鞋子暖暖脚。我不肯脱，她就蹲下给我脱，我拗不过她，只好穿上她的鞋子，她的鞋里面有一层绒毛，捂了一会脚才有了知觉。而红梅穿着我的湿鞋，没听见她喊一声冷。

红梅家离学校很近，待到下课，她拉着我的手去她家换鞋。她亲自掺好水，让我泡泡脚，将脚上的泥巴洗洗，把她干净崭新的鞋找出来让我穿。我不好意思穿，她就蹲在地上，抓住我的脚给我穿起来。看到她热心真诚的样子，我只好随着她。

冬天的时候天气既短又冷，老师布置的作业多，时间紧张，中午我常常不回家。红梅发现，叫我到她家去吃饭。我知道红梅是汉族，她家的饭我吃不了，红梅说她知道回族的习俗，肯定给我做清真的饭。好意难却，我不得不去。红梅怕家里的馍馍不清真，特意去商店里给我买来了面包，让我边吃边写作业，她陪妈妈去买菜。那个面包酥软香甜，是我吃过最香的面包。不一会儿，她们回来了，买来一口新锅，一斤清油，一袋挂面还有一把菠菜，她笑呵呵地对我说："虽然我们是汉族，但我们不吃大肉，家里的锅是我们用过的，怕你介意，就特意买了个新锅，你就放心吧。""我已经吃饱了，让你们这样花费，真不好意思。"我难为情地说。"没事孩子，红梅她爸交往了好几个回族朋友呢！常常来我家，这锅能用得着。"红梅的妈妈说。虽然她们极力给我解释，但我觉得很尴尬，脸不时地泛红。看到红梅一家人对我这么好，我既高兴又感动。

回家后，我将红梅一家对我的照顾告诉了家人，父母深受感动。母亲安顿我跟红梅好好相处，出门三步是离乡人，说红梅一家远离家乡，千里迢迢来到这里，无亲无故的也不容易，抱怨我不该去给人家添麻烦。当时年幼，妈妈的话我不太懂，现在才有了亲身体会。

对于红梅一家对我无微不至地照顾，妈妈心里过意不去，有时间就将家里的洋芋、韭菜、豆角、玉米等土特产送到红梅家去，一来二去，我俩的妈妈也成为好朋友了。

每当春节时，母亲就催着我去给红梅家拜年，我家念素时我妈打发（派）我专门去叫红梅。

红梅临走时，我妈会给她家装一袋油香，舀一罐罐烩菜，让她提回去吃。红梅妈对我妈说，要是遇上刮风下雨天让我住她家，让我妈不要担心，我妈高兴地答应了。

红梅是靖远人，为了上学，搬迁到我们县城。他父亲是电焊工，在我们学校附近用铁皮搭建了一间房子。一家人以电焊修理度生活。她妈只生了红梅一个，父母把她当天上的星星看待，每天都给她几角零花钱。

和我相比，红梅比我富有，她隔三差五地去买泡泡糖、面包之类的零食。每次吃零食她都给我分一份，天天如此，月月如此。如果买四个泡泡糖，我俩就一人两个。那时候，我家的日子很拮据，爸妈几乎不给我零花钱。红梅每次给的零食，我很快就吃完了，她则不同，兜里经常不断，如果只剩下一个泡泡糖时，她就将泡泡糖从中间折断，我俩一人一半。将泡泡糖放到嘴里嚼，嚼得光滑平整后，就用舌头卷起，挑在舌尖，轻轻地一吹，嘴上就冒出个泡泡来，有时大，有时小，就像吹胀的气球。我俩就比着吹，看谁吹得大，吹得快，吹得多。如果谁吹得大了，就给对方炫耀，我们舍不得弄破，就在嘴上露半天，等它自动破灭。我俩就看着它嘿嘿地笑着。她吃面包时亦如此，将酥软的面包从中间轻轻地掰开，分得很均匀，我俩拿在手里津津有味地吃着，吃在嘴里，甜在心里。

我没有什么好吃的给红梅，每到杏儿能塞鼻子的时候，我就领她到我家摘杏子。我将杏肉吃了，杏核舍不得丢，塞到耳朵里捂一会，又从耳朵里掏出来，拿到手里乘红梅不注意时，对准她的脸上一挤，红梅的脸上如同花朵上的露珠。我乐得笑眯了眼，她就追着往我脸上挤，我撒腿就跑，边跑边回头张望，看见她离我近了，我就甩着胳膊，跨大步伐，加速甩开她。她离得远了，我就背过身子，踮着脚，在前头故意逗弄她。她在后面追着咯咯地笑着。一路上洒满了我俩欢快的笑声。

上学的时候，我三天两头去红梅家，周末时，红梅去我家。可惜天下没有不散的宴席。正当我们小学毕业时，红梅母亲患了重病要搬回靖远去，形影不离的我们要分开了，听到她们要搬走的消息，那几天，吃饭时我没食欲，每天耷拉着小脑袋瓜儿，心里异常沉重。

临别时，我和父母一起去送别红梅一家人。红梅给我送了一副她爸爸亲手制作的绿色脸盆架子，接过脸盆架，我俩抱在一起呜呜地大哭起来，将两家的大人都惹哭了。至今那个脸盆架子还在我娘家放着。而红梅由于当年走得匆忙，我们彼此没有留下联系方式，到如今再也没有她的消息了。不知她现在过得好不好？还会不会想起曾经的我？

打零工

　　街道的各个路口，三三两两的人急慌慌地奔向一个地点——劳务市场，来这里的都是打零工的，时间或长或短，活儿种类繁多。

　　为了生计，我也成为"零工族"的一员。和搭档小白约好今早在劳务市场会合。五点钟出门时，天空中几颗稀拉的星星闪烁着清幽的冷光，路上没一个行人，四周黑漆漆的，自幼胆小的我顿时感觉头皮麻酥酥的，心头紧缩起来，一边掏出手机照亮，一边不由得加快了脚步。临近街道，路灯亮着，没了之前的恐惧，我的心也跟着豁亮了。

　　凌晨的街道显得空阔而静寂，偶尔一辆呼啸疾驰的车驶过，车灯把路面照得亮堂堂，像舞台追光灯似的。招工的老板还没来，经常在一起打工的几个女人簇拥着说笑。大家裹着围巾戴着口罩，只露出两只眼睛滴溜溜转，活像个夜行者。

　　马丽靠在墙上，眼睛一会儿睁开一会儿闭上，头像拨浪鼓在摇摆，不住地张嘴打哈欠。"晚上不睡觉干啥着呢？"西子调侃道。马丽稍稍闭了闭疲惫的眼睛，又突然睁开，慢腾腾地说："昨晚停电了，在炉子上撩了一顿饭，吃罢大半夜了。"

　　天快亮时，越发冷了，一股冷风悄悄从我身后窜过，灌进了身体，如泼了一盆凉水，我不由得打了个战战，将肩膀缩了缩，把两面的衣襟往一起拽了拽，用嘴哈着手。"这鬼天气，冻死人了。"小白侧过脸对我说，之后将头上的围巾紧了紧，双手塞进了袖筒。

这时，王嫂子气喘吁吁地挤进人群，鬓角罩满了白霜。"车还没来啊，我以为迟了，没命地跑，早知道就慢慢走。"王嫂子抱怨道。

"哎呀！你五十多岁的人了，不在家缓着，跑来受这苦。"小白对王嫂子说。"八十老门前站，一日不死还要吃一日的饭哩。"王嫂子应着。"也是，人啊，只有睡在坟坑里就闲了，活着永远不得闲。"小白说。

"今天叫干活的人咋还不来，昨天这个时辰，我们已搭上活了。"小白念叨着。"一天和一天不一样，天天那么顺，就不会在这里挨冻了！"我对小白说。

最近天气越来越冷了，地里的萝卜、洋芋、玉米等都等着往回收呢，活多，工价也好，大家心里都明白，就耐心地等吧。

一辆黑色小轿车开过来，车灯照得人睁不开眼睛。到路口时车停下了，啪的一声，车门被推开，下来一位三十来岁的小伙子，两手抄在裤兜里昂头阔步地走过来，说："我家剩的洋芋不多了，你们跟我走。"小伙子特意走到我身旁，对站在我旁边的三个女人说。"我们一搭的，一个还没来，能不能再等会？""让她再另找活吧。""那不行，我们一起合作多年了，再等等吧。""看来你们是一把韭菜不零卖。"小伙子说完扭头走了，很快雇了四个人，车辆启动，离我们的视线愈来愈远。

不一会儿，路旁又停了好几辆车，班车、私家车、出租车都有。

"喂！快过来走。"一辆大班车上的老板两手扶着车门向一群女人大声呼喊，之前给他家干过活的女人速速上了车。我冻得挨不住了，对小白说："咱们也走吧。""这是合作社的。听说干一天活只给两包方便面，活还催得紧，咱们再等等吧，找个私人家的。"小白说。"天下乌鸦一般黑。"说着我一步登上了班车，小白只好也跟着上了车。"干一天多少钱，几点散工？"小白挤上前，扬着头，鼓着腮帮子问老板。

"有挖洋芋的机子，你们只负责抱蔓拾洋芋，一天一百四，六点准时结束。"老板看了小白一眼，不紧不慢地说。站在车门前的一群女人听完老板的话，抢着胳膊甩着衣襟速速上了车。车启动时，我回头一望，还有没搭上活的同伴，站在那里四处张望。

　　车快速地向前行驶，路两旁的景物向后倒退，不一会儿就出了城。车沿着细长的山路蜿蜒而行，乡间秋天的早晨，到处铺着白白的一层霜，把乡村装扮得银装素裹。一片片田地，时起时伏，一直延伸到天边，有的地方是一片小树林，有的是低矮的山谷。村口有挖洋芋的男女扛着镢头往地里走，镢头把上挑着的干粮袋一摇一摆，荡秋千似的。

　　约摸过了一个小时，到了一个供销社的门口，车突然停了，老板让我们下车。门口的树上，一群麻雀在枝头跳跃，叽叽喳喳叫个不停。深秋的村庄显得萧瑟荒凉，稀稀拉拉的人家在树的掩映下影影绰绰，远处的山上栽满了不同的树，树叶橙红黄绿，在风的牵动下摇曳。

　　洋芋地在山顶，路很陡，车不好走，需步行。脚踩在裹着厚厚白霜的杂草上，霜花乱溅。一层层梯田在黄土地里裸露着秋天的离愁，一脸倦容。地坎上一排排捆好的玉米秆像放哨的士兵整齐地排列着。到达山顶时，太阳探着脑袋，担在山畔上。王嫂子仰头对太阳说："热头热头快出来，我给你烙个油馍馍，你吃着，我晒着，我在阳洼冈冈里给你炒菜菜……"太阳好像听懂了她的话，从山畔上缓缓地升起来，笑眯眯地悬挂在我们的头顶。地里的白霜，在阳光的照耀下，银光闪闪。我们像一群觅食的鸡，撒落在地里，一步一步地开始向前挪动步子。

　　"喂！所有人快过来，先拾昨天剩下的洋芋。"突然，老板向我们大声喊道。随后，他扛着铁锨去看挖洋芋的机子。大家直起腰一窝蜂地涌过去。我提起一株株洋芋蔓，抡起胳膊使劲抖蔓上缀着的洋芋，红艳艳光溜溜的洋芋顺势跌落在地面上，你挨我挤，远远望去，铺了一地的红洋芋像绽放的花朵。工友们弓着腰，一小步一小步地向前移动，渐渐地看不到她们的身子了，只有五颜六色的头巾在跳动，像栖息在花丛中的蝴蝶，时起时伏。

平日里爱拍照片的我，悄悄地掏出手机，急急忙忙咔嚓了几下，留作纪念。之后，赶紧弯腰接着拾洋芋，生怕被老板看见。

太阳越来越高，温暖的阳光洒下来，照在脊背上热乎乎的。向阳的一面白霜像泄了气的皮球，小霜珠一点儿一点儿地融化成水，慢慢地缩小身体，变成了水蒸气，地面上湿漉漉得像刚下过雨。背着太阳的一面，透映着紫色的暗影。工友们蹲在地上，低垂着头颅，干得热火朝天，口罩上布满了一层水蒸气，手套被泥土染得黑乎乎的，鞋帮子、裤口上沾满了泥土，只看见两只眼睛像蝴蝶，扑棱棱地在闪动。

"手都麻利点，把蔓上的洋芋抖净。"有人大声呵斥道。抬头闻声望去，只见一位穿着臃肿的女人，面色阴沉，怀里抱着个小板凳，威风凛凛地站在地坎上。大家的目光一起投向她，她不屑地瞥了我们一眼，选了一处地势最高的地方，将板凳立正，一屁股坐上去。我仔细端详了一下这个女人，她目光冷漠，头上裹着一条红底蓝格子的围巾，口罩白得耀眼，穿着件大红棉袄，由于人太胖，胳肢窝里的线裂开了一条缝隙，棉袄下面的两个纽扣敞开着……

"喂！那个穿红衣裳的女人，你不好好干活，看我干吗？"她斜睁着眼睛质问。我向四周环视了一下，侧过脸低声问小白："在说谁呢？""不知道啊！"

"我就说你呢。"胖女人的手指头直直地对着我。看到她凶巴巴的样子，我心里很不舒服，想顶她几句，话在嘴边又咽了回去。只狠狠地瞪了她一眼，随后俯下身拾洋芋。"你咋干活着呢？蔓上还吊着个洋芋。"胖女人对我指责起来。我以为多大的一个洋芋呢，过去一看才核桃大。又偷偷翻了她一眼，继续干活。

"你去把地里的洋芋蔓抱到上面的地坎上。"胖女人指使我。抱蔓比拾洋芋费力气，我怕身体吃不消，不去又怕挨骂，正皱着眉头发愁时，小白突然站起来，扭过头笑眯眯地对胖女人说："阿姨，我来抱吧，她今年动手术了，身体还没恢复。"胖女人不屑地瞥了我一眼，粗声大嗓地说："一看那脸黄得跟玉米面一样，就知道是个病号，干活还不老实，耍奸溜滑！想从我的眼皮底下溜过，没门。想当年，我当队长时，村里那么多人，都逃不过我的眼睛，你们才有几个人呢？"

之后，她又问小白："你们是姊妹还是亲戚？"小白说："是朋友。"

"你愿意了就去吧。"胖女人说。

洋芋蔓乱七八糟铺了一地，小白走过去弯下腰，把洋芋蔓拾在一起，压瓷实，伸开双臂抱起满满一怀洋芋蔓，走很长的一段路，到地坎旁，猛地抡起胳膊将洋芋蔓扔在了地坎上。然后又返回继续抱。看着小白为我受苦受累，我的心隐隐作痛，同时，对胖女人的怨气更大了。

怪不得坐那么高，原来是在监视我们。有人问："这是谁啊？"有人回答："估计不是老板的妈就是老板的夫人，再谁有这么大的权力。""这老女人像个老地主一样，我们这几天给她家干，一直在那吼呢。"大家你一言我一句地在议论胖女人。

"手都麻利些干，嘀嘀咕咕说啥呢？"胖女人斜睨着眼吼道。

"哎呀！你这个老婆子，人干得紧你喊得紧。我干了这么长时间，还没见过你这么难缠的人。"小白将抱在怀里的洋芋蔓狠狠地扔在了地上，瞪着眼说。

"我雇你们这些人，一天成万元往出走。哪能由着你们的性子。"胖女人更是咄咄逼人的口气。

"你态度放好，我还操个心，你老吼，我看见的洋芋也就埋进土里。"小白一脸愤怒地说。

"你回去，我掏钱还怕找不上人。"胖女人一脸怒火。

"行，你叫车拉我回去。"小白满不在乎地说。

"亮亮，你上来。"胖女人扯着嗓子向挖洋芋机子的方向喊。喊了几声又开始唠叨，"我天天坐在这里盯着别人干活。谁做不好，我就点名提醒。"胖女人愤怒着面容，如一头咆哮的狮子。"我是用力气来挣钱的，不是任你摆布的。"小白梗着脖子，像一头被激怒的瓶羊。

地里一片混乱。"说由她说，你不要理睬，埋头干活就是了。""昨天我们干的那户人家人很好，不是这么个脾气，大家也都很操心。"

大家一会儿将目光移到胖女人那里，一会儿又将目光挪向小白，站在一起看着她们干仗。看到这个僵持的局面，我不知如何是好？只是走过去站在了小白身旁。

"吼着咋呢？"老板扛着铁锹来到地头问，胖女人赶忙将自己的委屈向老板道了出来，原来是老板的妈。

老板妈手指头直直地指向小白，斜着脑袋歪着脖子说："你把这个女人拉回去，你看我说了几句，人家比我还狠，连这些人一齐拉回。"

老板吸了吸鼻子说："这是我妈，说得不对的地方望你多多担待，有事和我说。""你这个妈啊，真难缠，一会儿一个政策，把人指过来拨过去地当猴耍！"小白说。"怕人说，在你家待着去，我又没请你，谁叫你来？"老板妈瞪着眼说。她们像两只干仗的鸡，涨红了脸，谁也不示弱。

老板看着两人一个劲地斗嘴，气得将铁锹扔在地上，坐在铁锹把上，双腿交叉，一言不发。过了一会儿，伸手摸出一支烟点燃，深吸了一口，吐出的烟雾在面前萦绕着。良久，老板用近乎哀求的口吻说："已经十点多了，你们再找活也不易，我再找人更不易。消消气快干活吧。""你让老姨再不要乱吼，我们尽量往好里干，小白虽然脾气暴躁，干起活来两个人都顶不住。"我对老板说。老板很爽快地说："行，我妈这里有我，你们快干活去吧。"

我拉着小白向洋芋地奔去，其他人随后跟着，老板的眉头也舒展了。随后，他抱来一捆红网袋，挑了四个女人装袋子，其余的两人一组拾洋芋，给大家做了分工。

装袋子的人把袋子用根细绳系在腰后面，需要时手背过去抽一个。开始装洋芋了，一个人两手撑开袋口，另一个弯腰将筐子抱起来朝袋子里倒。装满的袋子立在地上，鼓鼓的像个孕妇。拾洋芋的人蹲下身子，垂着头，步子走得更急，手拾得更快。今年的洋芋结得很繁，不一会儿一个筐子就满了。"手来麻利拾。你看那个穿绿衣服的女人，将左手里拾的洋芋转到右手才放进笼子，做的是重工活。有些人说是上个厕所就不见影了。还有些人咋那么多事情，电话接个不停。"老板妈忍不住又吼出了声。

拾了一上午的洋芋，水米没打牙，我的肚子开始翻腾，咕儿咕儿地叫了起来。我饿得捱不住了，对小白说："咱们吃点东西吧。"小白抬头环视了一下，说："老板站在那监视呢，大家都没吃，再忍忍吧。"我乏得实在拾不动了，一个劲地捶背捏腿。老板看到了，问："咋了？"还没等我开口，小白抢先说："饿了。"老板听后笑嘻嘻地说："再坚持一会儿，把这块地里的拾完咱就缓。"

终于熬到了休息的时间，大家像一群抢着吃食的鸡，以馍馍为中央，围成了一个圆圈。摘了手套把手拍打了两下，一只只都伸进了塑料袋。小白嘴角沾着泥土，手上沾满了厚厚的一层土，我让她擦擦再吃，她冲我淡淡一笑，不干不净，吃上没病。一手拿个花卷，另一手拿个苹果，坐在地坎上津津有味地吃起来。

下午的时候，两位年纪大的和体质差的已扛不住了，王嫂子双膝跪在地里拾，白口罩变成了黑的。马丽、西子坐在地上，两腿甩在一边，我耳边传来她们急促的喘气声。马丽头朝下，屁股朝上，将身子叠成了个"兀"字形。西子像青蛙一样匍匐前进……我的腿疼痛、僵硬、麻木，一会儿捶捶背，一会儿捏捏腿肚子，半蹲在地上，支撑着往前。地面潮湿，我提醒她们，坐在地上会瘮成病的，可大家实在是蹲不住了，弯腰跪着向前挪动。

我不时地抬头看看天空，希望太阳快点下山，可每次抬头，太阳都不偏不倚地停在那里。

拾着拾着，几个身强力壮的女人，拧成一股，赶在了我们前头。"野狐子、狼都是跑山的，既然在一起了就一个把一个照应着，跑到前头能干个啥？老板不会给你们多付钱，也不会让你们提前回家。"马丽不高兴地说。"唉，人家分明是在排挤咱。"王嫂子说。

"哎呀！你看你咋拾着呢，屁股后面几个洋芋明晃晃地摆着。喂！你不好好拾洋芋，游魂的一样咋着呢？还有你们几个，不赶紧拾，母鸡晒胯一样，躲在后面光扯闲话，你看，人家几个把你们撇得多远？"老板妈不知从哪里突然冒出来，又开始唠叨起来。我们拾洋芋的速度不由加快了。

"你看，我们拾得宽还是前头的那帮人宽？"小白站起来问老板妈。老板妈立马从小板凳上站起来，几步跨在前，偏着头拧着脖子仔细看了看，对前面三个人喊道："你看你们三个人就拾了一行子，我说咋拾得那么快呢。"前面的人直起身子朝后扫了一眼，目光冷冷的，开始往旁边扩大拾洋芋的宽度，很快，我们几个就赶了上去。大家睁大眼睛，在地里转来转去拣洋芋，散落一地的洋芋一个个拾到筐子里，再由筐子转到袋子里，田里立着一眼望不到头的洋芋袋子。

"还有半小时就到点了，咱们就可以回家喽！"不知谁喊了一句。大家的手像电击似的，手指灵动，表情专注，忙得顾不上说一句话。散落一地的洋芋很快被我们拾完了，大家不约而同地站起来，等老板发工钱。

老板见大家急切回家的样子，走过来用祈求的口气说："请大家帮个忙，那边还有剩下的一点也给拾完吧，不然放在地里就冻了。"

"娃娃放学了，我回去还得给他们做饭。"一个人将声音降得低低说道。

"拾能行，加工资吗？"另一个说。

"给你就加了？现在的老板心黑得很，把你吆到网里就不由你了。早晨不是说好六点准时结束吗，这会儿又变卦了。"也有一个这么说。

大家僵在一边，谁也不想再去拾。

"开口容易，闭口难。洋芋是养活人的，大家过去帮忙拾吧。"小白话音刚落，大步跨过去，低头拾起来。我不得不跟着她去。

"她这人真让人捉摸不透，早晨为拾洋芋的事和老板妈争吵不休，这会儿又跟个没事人似的。"马丽摇头说。

"走吧，看来洋芋拾不光，咱们回不去。"西子噘着嘴说。

大家闷闷不乐地走进剩下的那块洋芋地。老板母子看到我们动起手来，脸上立马绽放出一朵菊花。

人多力量大，又坚持了一个小时，一地的洋芋终于被我们清理光了。老板妈看到地里立着的洋芋袋子，笑得跟花似的，走到我们身边亲热地说："辛苦你们了，今天给我家帮了大忙。"之后，她特意走到小白跟前，一把拉住小白的手，脸微微一红说："娃娃，不要记恨我噢，今天我不该那样对你。""没事，没事，我早忘了。"小白微微一笑。

月挂树梢，星漫苍穹。我们拖着疲惫不堪的身子，走向回家的路。

揪毛桃

"揪毛桃走——""揪毛桃走——"每年到揪毛桃的时间，天还没亮透，就有一群大人和小孩拿着尼龙袋子，提着笼子，带着干粮早早起身了。他们边走边喊，惹得狗仰着头汪汪地叫，把沉睡的人也吵醒了。

毛桃是长在山野里的野桃子。我们村里到处都是老桃树，每当毛桃长大时节，村里大人小孩都抢着揪来褪了皮卖桃核。

毛桃的树皮光滑，呈暗紫色，枝纤细，叶狭长。毛桃呈球形，表面裹着一层短短的白绒毛。桃核硬硬的，表面布满凹凸不平的纹路。

每年毛桃核还没有长饱时，村里人已开始揪了。我的儿子跟女儿看到了，眼馋得不成，成天跟在我的屁股后边嚷着要去揪毛桃。地里的杂草还没拔完，我不让他们去，他俩不乐意，整天噘着嘴，拔草也是无精打采的样子。

有一天中午，邻居家的孩子将揪来的毛桃核已卖成钱，在我家门前的门市部里买了雪糕、方便面捧在怀里，路过我家门口时特意跑来炫耀了一番，惹得我家孩子的肚子里的馋虫蠕动不止，心思早就跑到了那片长着毛桃树的野地。儿子跟女儿对揪毛桃的欲望更强了，他俩不约而同地跑到我面前，一个拽着我的衣襟一个抱着我的大腿开始撒娇，央求我。看着他们可怜巴巴的样子，我答应了他们。两人高兴得两手一拍，跳了几蹦子，像撒欢子的小牛犊子。

"揪毛桃也得下苦，又不是去旅游，看把你们美的！"我嗔怪他们。

近处的毛桃几乎已被村里人揪完，只能去远处揪。太远了，我不放心让他们去，听说树林有野狐狸、野狗、野猫之类的动物。没办法，我只好陪他们去。

第二天凌晨四点半，被闹钟叫醒的我爬起来叫儿子跟女儿起床。他们毕竟是孩子瞌睡重，我喊了几声没反应，仍然睡得很沉。我有点不耐烦了，粗声粗气地说："你俩起不起来啊？再不起来我就睡觉了，是你俩嚷着揪毛桃去，叫你们又不起来。"他俩听见这话，一骨碌爬起来，揉了揉朦胧的睡眼，迅速地穿上了衣服跳下炕，准备跟我出发。

我背着准备好的干粮和揪毛桃的用具，带着睡眼惺忪的儿子跟女儿向毛桃林奔去。七拐八弯的路就像鸡肠子弯弯曲曲，小路两旁长满了茂盛的庄稼，士兵一样站得齐刷刷。那天露水很大，我们的鞋被露水浸得湿漉漉的，连裤口都被弄湿了，空气也潮湿清凉，我美美地吸了几口新鲜空气，感觉精神了很多。

天上的星星在快活地眨眼，月亮在白莲花般的云朵里穿行。我不由唱了起来："十五的月亮照在家乡照在边关，宁静的夜晚你也思念我也思念……"当我唱得正起劲，女儿却咯咯地笑起来，说："妈妈跑调了。"女儿这一笑，我便没勇气唱下去了，女儿却卖弄起来。她唱得的确比我好。在一阵欢笑中我们来到了毛桃林。我以为我们是来得最早的，到了才知还有比我们来得更早的，他们已揪满了一笼子毛桃正向袋子里装呢。

那一年，风调雨顺，毛桃结得很繁，侧面望去桃多叶少。在众多的毛桃树中，我们观察那棵树上的毛桃大就往那棵树跟前跑，因为毛桃大了毛桃核就大，既压称又能卖个好价钱。我发现邻居眼前的一棵毛桃结得又大又繁，想过去跟她一起揪，顺便款款闲。平常各忙各的很少聚在一起，于是我就引着孩子凑到邻居的身边。邻居看到我跟孩子过来，明显不高兴了，脸色凉凉的，淡淡地对我说："这棵树是我提前盯好的。"我看到她冷漠的样子，尴尬地带着孩子转身离开，我女儿不高兴了，低声说："这树林又不是你家的，干嘛那么霸道？"儿子也说："我才发现咱们的邻居是猴脸，说变就变，平常借咱家东西时笑得跟花似的，今天变得生分（陌生）很，让人揣摩不透。"

听着孩子们不满的絮叨，我心里有些不好受，就悄悄劝孩子不要再说了，免得破坏我们揪毛桃的心情，邻居听见在说她的坏话会和我们吵起来的。

我带孩子来到离她们稍远点的另一块地方，抓住毛桃树就迅速地揪，我偷偷扫了一眼儿子跟女儿，听不见他俩说话，两个的小手一张一合，发出"噌噌"揪毛桃的声音。由于速度快，女儿连桃树的叶子也揪上了，我说路程远只揪毛桃不要揪叶子，他俩听后全神贯注地揪毛桃。

揪了好一会儿，太阳才窜到中天，天一下热得不行了，我觉得腿肚子有点酸，肚子空得没了力气，就跟孩子们顺便坐在树底下，将手上的尘土拍了两把，准备吃带来的干粮。旁边有村里来揪毛桃的人，我喊她过来一起吃，她笑笑说："中午回去了再吃。"她家孩子嚷着要吃一点，那女人凶巴巴地训孩子："赶紧揪毛桃，早晨刚吃过，不信又饿了。"孩子也不敢再坚持，只好快速揪毛桃。看到人家为了多揪点毛桃连馍馍也不吃，我心里也急了，就大口地咬了几口馍馍，急急地喝了几口水，也催孩子赶快吃，好将时间赶出来揪毛桃。

草草地吃了几嘴，就完事了。此刻，我真希望自己能多长几只手来，多揪些毛桃带回家。由于走得急，忘了拿凉帽，火热的太阳炙烤着大地，草木都蔫头耷脑的样子，鸟儿都躲在树林里不愿出来喳喳叫了，好像阳光要灼伤了它们的翅膀，只有知了叫得震天响。

儿子跟女儿的脸上脖子上渗满了汗珠子，他俩不时地用手来回擦抹，擦得脸上缕缕道道的像花狸猫的背子。我瞅着他俩的花脸忍不住笑了。

中午的时候，家里有人喂牛羊的都没回去，仍然赶着揪毛桃，家里没人的都扛着毛桃回家了。我先将多半袋子毛桃抱起来，架到儿子的脊背上，再将少半袋子毛桃架到女儿的背子上，他俩像伸着脖子正在叫唤的鹅，身体侧斜前倾，毛桃压得俩人青筋暴露，脸胀得青紫，步履蹒跚，汗流如雨。沉重的毛桃压得他俩像上了岁数的老人摇摇摆摆。

我靠着地坎将一大背斗毛桃使劲背起来，挣得眼前冒金花，背篼绳像要往我的肉里钻，勒得肩膀火辣辣得疼。我和孩子走一阵就靠在地埂上歇歇气，走了好长时间，也没走上多少路程。突然儿子对我说："妈妈，我想出了个不费力得办法。

"啥办法啊，快讲讲看。"我急切地问儿子。

儿子道："往回家走时全是下坡路，你把塑料袋子扎紧，我和妹妹把袋子朝下滚。"

"要是滚到人家粮食地里咋办？"我质问儿子。

"我会有把握的。"儿子自信地说。

于是我就随了儿子，把他们的塑料袋子口扎得紧紧的，儿子兴奋得用脚掌踢着袋子朝下滚，女儿也学着她哥哥的样子滚毛桃。滚一截路袋子就停下了，他俩继续用脚蹬袋子，袋子里的毛桃就像学生娃娃滚的球，他们两个就在后面追，乐得他俩手舞足蹈，已忘了刚才的疲劳。

回到家，我汗流浃背，疲惫不堪。换衣服时才发现，背斗绳子将我的肩膀勒了个深深的红印，血都快出来了，只见我的白衬衣变成了黑衬衣。

我安顿儿子跟女儿喂牛喂羊我做饭，进屋在镜子里面一照，忍不住笑出声了，只见我的脸上圈圈道道的，像绘的地图，头发乱蓬蓬的活像个疯女人。

想起刚才在回家的路上还碰到几个赶集的人呢，瞧我这样人家肯定笑话了，我心里有点不自在。又一想，只要是庄稼人会理解的，他们不会笑话的，我自己安慰自己。把自己收拾干净就去做饭，饭吃了本想睡一会儿，一想毛桃皮还没有剥，要是放两天就很难剥掉的。于是就喊来俩娃，将少量的毛桃装在袋子里，像拌莜麦毛毛那样两人在两头将袋子口捏紧举高摔下，反复摔拌，这样毛桃就像小孩裂嘴，从裂缝里能看见毛桃核，我们将毛桃核与外皮剥开，将剥好的毛桃核晒在太阳下。

第二天，收毛桃的人来了，儿子和女儿将收拾干净的毛桃核背上疯了似的跑了出去，回来时两人怀里揣着各自喜欢吃的零食，还给我带来了雪糕。我们津津有味地吃着零食，一时忘了揪毛桃时的辛苦。

我问他们明天还去不去？

"去！"儿子和女儿齐声说。

手机的温度

那天早晨，天气格外冷，玻璃上结满了漂亮的霜花，有的像麦穗，有的像菊花，还有的像山峰……形状各异，晶莹剔透。

我们都低着头，倚在各自的柜台前，聚精会神地忙着，顾不上说一句话。笔扭捏着身子在纸上表演，发出沙沙的声响。

当把库盘结束，已到吃午饭的时候，累得我头昏脑涨、眼睛干涩、腿抽筋，不停地张嘴打哈欠。好想休息片刻，可接班的还没来。

突然，门帘被顶了个包，从缝隙里并肩挤进来了一对男女，五十岁左右。男的头戴浅白圆帽，络腮胡，麦肤色皮肤，额头上落满了寒霜，身上裹着一件军用绿色长棉衣。进店后他摘了手上的手套，两手来回搓着。皱了皱眉头，吸了一口气说："今天冻得了不得，骑了个电动车，差点把手冻掉了。"

"天真的冷。"我特意向前走了几步，对他笑着说道。

"还是你们命大，蹲着这里头，风吹不着雨淋不着。"他笑呵呵地说。

女的头上裹粉白头巾，瓜子脸，两手抄在衣兜里。俩人一前一后笑盈盈地朝我这边走来。我顺手给他们搬来凳子，招呼他们坐下，取出了两个杯子，接了两杯水端给他们。俩人看见我给他们端水来了，从板凳上站起来，笑脸相迎。

"快坐下，别客气。"我对他们说。他俩接住冒着热气的水，用杯子的温度温暖着他们冰冷的手。

"请问，二位是交话费，还是看手机？"我微微一笑说。

"看手机，哪款好？"你给我们推荐一下，乡里人不识货。男的笑着对我说，眼睛里透射出一种对我的信任。

"呵呵，我也是乡里人，在这打工呢！"我详细给他们介绍了店里销量好的手机及各项优惠活动。夫妻俩微笑着边听边点头。

男的转过头笑着说："老婆子，把卖羊羔的钱快掏出来，给你买个智能手机。心慌了和娃娃们喊微信，听说那东西神奇得很，天南海北的人都能看见，脸挨着脸说话，方便得很呢！"

"给你买一个吧！我煨炕、喂牛羊、扫院……一天到晚围着锅台转，天天和土打交道，拿不干净。你常常去寺里礼拜，土钻不上。"女的手在头上挠了挠，侧脸瞅着男的，低声细气地说。

"羊是你一手操心的，给你换个智能的吧，现在兴啥买啥，要跟着时代走，不然，被淘汰了。"男的头盯着老婆的眼睛，笑得跟花似的，期待着她的同意。"我一个字都不识，拿上不会用。"女的皱着眉头说。

"这个不用愁，小女儿不是回来了嘛，假期闲着呢，让她教教你。"男的笑着开导。两人侧着身子，面对面，你看看我，我看看你，头对头低声嘀咕了一会儿。决定拿一部4G+手机。当把钱掏出来，女的脸"唰"地一下红了。不好意思地看了我一眼，吞吞吐吐地说："钱不够，等攒够了再买。"她的耳朵梢都红透了，目光中透着无奈，露出一丝尴尬。"没事，没事。"我笑着说。

男的咬了一下嘴皮子，沉思了一会儿，眼珠子骨碌一转，瞅着女的说："我记着你这个季度的低保还没领，现在去领来添上差不多够了。"女的犹豫了一会儿，揭起衣襟从内衣兜里掏出折子递给男的。

我低头看到她的手，手心里布满了老茧，手背上裂开了细小的口子。我心里像被针戳了一下，一股酸水在心里泛滥，一直涌到鼻子里。我将她叫到一旁，低声说："这手机是牌子的，全国统一价，不能少价，厂家抓住罚款呢！我也是农村人，深知你的艰辛，这样吧，我给你少一百块钱，票上还是开实价，你出去不许对外人乱讲。"

　　女的听后，一把拉住我的手，感激的话说了一大堆。"大妹子，看你说的，你对我这么好，我怎么会害你呢？我下次给娃娃买手机原找你，我的亲戚朋友也给你介绍过来。我一个字也不识，再干啥没本事，只守着几亩薄田。这几年全靠党的政策好，林款、土地补贴、低保、养老金、精准扶贫等，不然把我逼死了。几个娃娃都念书，现在社会好得很，学校里还管饭，一学期给娃娃还发几个补助费，不是缴费大的我哪能养活得住？虽然穷点，可我知足的很，我家娃他大脾气好得很，这么多年，没大声呵过我一声。"她滔滔不绝地给我讲述着，脸上一波一波地荡漾着的全是幸福和满足。

　　我们聊得正欢时，男的手里捧着几张红灿灿的票子笑盈盈地进来了。我快速地开好票，先让男的到前台去交钱，接着给手机贴钢化膜，找盒子。

　　"你给我把膜贴牢噢，乡里人买个手机不容易。"她盯着手机对我说。

　　"放心吧，钢化膜牢着呢，坏了一年之内免费给你换。"

　　"那就好，那就好！"她脸上露着满意的微笑。

　　"你们夫妻关系真好，看着让人羡慕。"女人看了我一眼，咧嘴一笑："是掌柜的脾气好。"

　　男的笑着说是人家脾气好，里里外外的活全靠她。

　　"都好，都好！大姐贤惠，你随和。"我笑着说。说话间，我将手机小心翼翼地装进袋子，双手递给女人。女人接住后又将手机从袋子里掏出来往男人的手里塞，并吩咐男人把旧手机里的电话卡取出来安在新手机里，让打个电话听听声音是否清晰。男人又将手里的新手机还给女人，两人开始互相谦让，女的让男的把新手机拿上，她拿男的旧手机。男的不同意，执意让女的把新的拿上，两人将一款手机推过来搡过去，让我们这些旁观者感慨良多：其实，幸福不在于你拥有多少，只要拥有一颗宽容知足的心，幸福随时都会来敲你的门。

栽　树

每年春秋两季，全县都要搞植树造林，一辆辆大卡车拉着满车厢的松树苗向各个山头蜿蜒而行。务工的人员都掌握了这个时间段，双手握着铁锹把早就等着这一天。

秋季栽树时间从早上的七点至下午的六点，每人每天能挣八十块钱，当天付钱。女人们栽树回来，按捺不住内心的喜悦，将兜里的八十块钱掏出来，在老人孩子面前一张一张数着、笑着，那笑容就像湖水里投进了石子，涟漪四散。

傍晚，英子肩上扛着铁锹进了家门，随手将铁锹立在墙旮旯里，一屁股坐在房台子上，脱了鞋袜，两手提着袜子将里面的土倒出来，又用力把鞋在地上磕几下，土从鞋窝倒出来，尘土四起。她麻利的将身上拍打了几下，顺手从裤兜里掏出一沓钱，抽出三十元双手递给婆婆。婆婆摇着头，摆手不要。英子看着婆婆，笑着说："我给您的您就拿上吧，要不是您看娃做饭，我门里都出不去，也就挣不来这些钱。"婆婆听英子这么一说，再没推辞，笑盈盈地接住英子手里的钱。

"给你十块，给妈做饭的奖赏。"马霞笑着对女儿玲玲说。玲玲跑过去拿上钱，一脸阳光，一溜烟向门市部的方向奔去。

我女儿红红恰巧看到这一幕幕，眼馋得不行，嚷着要跟上我去栽树。但是，老板有规定，不收娃娃，再者挖树坑很费力气，尤其是首蓿地里栽树更费劲。我让女儿留在家里帮我干家务，她不乐意，一头扑在我怀里，两手搂着我的脖子，撒娇地说："妈妈，你就带上我吧，多挣点钱对你也松活（负担少）啊，以后，我买学习用品不再向你要钱了。"女儿眼睛直勾勾地盯着我，期待我同意。看到她态度坚决，无奈，我点了一下头，只能带她去锻炼锻炼。女儿目的达到了，高兴地拍手跳起来，还在我脸上很响地亲了一口。

第二天早晨六点钟，我把女儿的长发挽起来盘了个发髻，让她搭条围巾，戴上口罩和手套。我们拉开门准备出发，邻居的门也开了，是英子和马霞。

马霞偏着头细细打量了我女儿一会，惊讶地问："红红也去，能行吗？"

"才去试呢！咱们在同一个院住，你俩得替我保密。"我带着命令的口吻说。

"没问题！"她俩笑着点头。

我们扛着铁锹，说说笑笑地走出了出租房的大门。

不一会儿，我们就来到了山脚下，田埂上一簇簇黄色的野菊花，散发出一股淡淡的清香。草尖儿微微变黄，好像戴上了一顶黄色帽子，随风摇摆。山坡上层层梯田，像是铺着绒毯的阶梯，一层层，一级级布满山梁，层层叠叠，形状各异。看着这样的美景，让人心旷神怡。马霞和英子在前面走着，衣襟随着秋风呼啦啦地飘着。看着大自然的美景，女儿也按捺不住喜悦的心情，把铁锹扔给我，伸开双臂，仰起头，轻轻闭上眼睛深呼吸，享受着大自然的恩赐。

过了一会儿，又来了三四个女人，她们看到我女儿，用异样的目光打量着。其中一个垂下眼皮瞥了我女儿一眼，不冷不热地说："这是你女儿吧？长得很像你，看起来年龄还小呢？"

"她长着娃娃脸，其实已经二十岁了。"我假装一脸镇静地说。

"哎呀！人真没处看，你这么年轻，女儿已出嫁了？"另一个斜着脸问我。此时，我与女儿成了她们议论的对象。那几个女人左一眼右一眼地看着我女儿，像看怪物似的，从头顶看到脚底，再从脚底看到头顶，看得我女儿都不好意思了，脸微微一红从我身边溜过去，站在了我身后。

又过了一会儿，那几个女人扛起铁锹走到离我们不远处，簇拥在一起低声嘀咕着，说明天把她们的娃娃也领上，趁机多挣几个零花钱。

几个蹲在一起头对头说着，声调一会儿高一会儿低，还时不时地将头扭向我们这边瞄一眼，眼睛里透射出冷冷的目光。

看到她们不满的表情，听着她们的话语，我肚子像吹胀的皮球，心想，我女儿挣的是老板的钱，又不是她们的，她们凭什么吹胡子瞪眼？真想过去和她们大吵一番，可又一想，小不忍则乱大谋，只能忍着了。

"有屁不放，胀破心脏。有话就直说，坐在一起叽叽咕咕地像个啥吗？"马霞突然冒出这样的话来，犹如晴天霹雳惊动了那几个女人。她们猛地将头抬起来，恶狠狠地瞪着马霞，一副咄咄逼人的样子。一个女人倏地站起来，双臂交叉在胸前，红着脸冲马霞吼道：

"你在说谁呢？"

"没做亏心事，不怕鬼敲门。我说那些一天闲得无聊，专门搬弄是非的人。没提你的名道你的姓，你紧张什么？"马霞满脸怒气地质问那个女人。

"不要跟她们吵，划不来。她们爱说什么就让她们说呗。"我在马霞肩上拍了拍说。

正在这时，一辆大卡车拉着满满一车厢松树苗子来了，老板站在车前面指手画脚，示意让车停在路边。他大声喊着说，路太陡，车没办法开到地里，让我们快下去抱树苗。我们将铁锹随手扔在原地，铁锹与铁锹相碰在一起，发出霹雳哐啷的响声。马霞狠狠地将铁锹头猛地扎向一株苜蓿，那苜蓿刹那间倒在地上。跟马霞吵架的女人便抢起铁锹向马霞的这边扔了过来，铁锹在空中翻了几个跟头倒在地上，将地面砍出了一道深深的印痕。她俩怒视着，我看见情况不妙，立即跑过去一把拽着马霞的手向山下跑去，其他人也一窝蜂地涌下了山。

我拉着女儿的手，把老板叫到一边，把女儿的情况给老板说了一下。老板看了一眼女儿，咧嘴一笑，说："看在你妈平时干活老实的份上，收留你干几天。"我万万没想到老板就这么爽快地答应了，女儿高兴地连声说，"谢谢叔叔！""谢谢叔叔！。"

两个小伙子爬上车，弯着腰把松树苗像抱孩子一样抱起来接到每个人手里，有的人将树苗抱在怀里，有的人将树苗扛在肩上，上下几趟子，汗水从额头流下来。厚衣服已穿不住了，随手脱了扔在地坎上。众人拾柴火烟高，不大一会儿，我们将一捆捆松树转移到地里。老板两手叉腰，看着堆放在地里的松树，抿了抿嘴，吸了吸鼻子说："够了，栽光了再抱。"

大家拿着铁锹，双手紧攥着铁锹把，摆出"战斗"的姿势。

老板站在地里，两手背后，大声给我们讲着栽松树的要求："你们都给我听好了，尤其是队长，树坑深二尺多，准确数字是七十厘米，树与树之间的距离是两米五，行与行之间是十字交架，这个女人们懂，就像纳鞋底子一样。树要埋瓷实，要是被我一把拔出来，一毛钱也不付。我还有别的事要处理，你们开始栽，忙完那边的事我再来检查。"说完，他两手一背大摇大摆地走了。

栽树开始了，我们经常合作的几个女人，看我带着女儿，觉得吃亏，不跟我一起干，扭头到一边去了。我的心里不由一沉，这时，马霞和英子笑哈哈地走过来和我搭在一起。我们脚踩着铁锹猛力向下踏，土块被凿开了，裂开一道道缝子，土溜进了坑里，再一铁锹一铁锹的从坑里将土翻到铁锹上端出来，倒在树坑旁，摆上一个圆圈圈，把松树小心翼翼地放进坑里，左看看，右看看，扶端正，然后一手扶着树，一手把周围的土铲起填进坑里，把树根埋住后，填平树坑，用脚把土踩实，这样一棵树就栽成功了。

由于女儿第一次栽这么大的树，没经验，栽的树东倒西歪的。马霞和英子还没有开口时，其他人已明显不高兴了，一个女人阴着脸说："幸亏咱们明智，和她们分开了。一个娃娃家和咱们一样拿钱，咱们多吃亏啊！你看栽的那树，老板一定验不上。"我停下手里的活，站在女儿的身旁，给她讲了一下栽树的方法。女儿听着不住地点头。

女儿听了我的讲解后，栽出的树比之前端正多了。她自信了，埋着头苦干，额头上的汗水不断地流下来，也顾不上擦一把，脸上露着淡淡的微笑，享受着劳动的喜悦。看着女儿不甘落后的样子，我开心地笑了。

秋风习习，空气清新，天比往日显得更高更蓝。人多力量大，不一会儿，那块苜蓿地里的松树像一排排整齐的队伍。微风吹过，松树微微摇摆，好像在向我们挥手致意。远远望去，有的像一把撑开的雨伞，有的像一座翡翠塔，不禁让我想起了一首诗，"大雪压青松，青松挺且直。要知松高洁，待到雪化时。"

栽树的任务完成，累得我腰酸背疼，腿僵硬着迈不开步子。我看到女儿的手背肿得像馒头，手掌磨出了好几个血泡，心里不由一阵心疼。女儿没有叫累，一脸高兴。当老板把八十块钱发到她手里时，更是手舞足蹈。

吃过晚饭，明月已上树梢。女儿将自己挣来的八十块钱平分成了五份，给爷爷一份，哥哥一份，妹妹一份，自己一份，还给我留了一份。

月色渐浓，亲情更浓，我带着欣慰，进入了甜甜的美梦……

陪考记

6月23号早上七点钟，我带女儿去袁河小学参加小升初的考试。天阴沉沉的，稀稀拉拉的雨点随风落下，有几点正好落在我的眼睑上。

街道上车水马龙，人头攒动，各种车辆的鸣叫声很是刺耳。路边站着一排排要去参加考试的学生，他们由家里的人陪伴着。大家踮着脚，斜着脑袋，拧着脖子向过来的车辆招手。由于参加考试的学生多，路过的几辆车都坐满了，就连平日里大家嫌弃的"三二八"（对城内载人三轮车的俗称）都坐满了人。看到大家坐车走了，我的心里不由得焦灼起来。老师怕女儿迟到，提前打电话嘱咐七点半务必到校。想到这里，我更是心急如焚。只要看见车过来，我就踮着脚尖，老早地向司机招手。

"妈妈，那是私家车。""妈妈，那是蹦蹦车……"

女儿见我疯了似的乱堵车，在一边给我提醒。

"只要能拉到地方就行了，咱们抢时间。"我对女儿说。

等了大半天，终于等来了一辆出租车，我和女儿急切地上了车。

"我的娃娃要去考试。你可一定先送我们。"车上的一位家长说道。他说的地点和我们要去的不一样。我怕司机送了人家的娃娃再送我们就耽搁了女儿的考试，就执意下车了。

过了一会儿，我堵了一辆"三二八"，和女儿急急地上了车。司机个子高大，表情严肃，头发乱糟糟的，好像没梳过，旁边的座位上坐着一个去考试的小男孩，刚好和我女儿一路。

"六年级学生了，不知自己是打柴的还是放羊的，你看笔盒里几个笔，没一个能用的，要不是我及时发现，今天的试不知咋考呢？"司机一脸愤怒地说。

此时我才反应过来，原来小男孩是司机的孩子。

"这应该是你昨天就准备好的事情，害得我一早上没闲！"司机气哼哼地批评着小男孩。

小男孩见我和女儿在，脸顿时通红通红的，连耳朵梢都红了，把头勾得更低了。

"可能娃娃压力大，一紧张忘了。"我想拿这个话题来引导司机。

"大儿子我就没怎么管过，学习上进得很，每次在班里第一名。"司机对我说。

"哎呀！一把指头伸出来也有个长短，何况孩子呢。如果都那么听话，还不把你高兴死了。"我笑着对司机说。

小男孩一直没有吭声，像个罪犯一样，头依然勾着，两手互相搓着。

"你的大儿子现在在哪上学？"我问司机。

"在实验尖子班。"语气中透出了骄傲。

不大一会儿，我们便来到考点，门前人潮涌动，摩肩接踵。我带着女儿挤进校门口，执勤的老师把女儿放进了校园，把我堵在门外。学校的操场上站了一横排穿着红色校服的学生，个个手里举着考场牌子，牌子上工整地写着各个考场的标记。我女儿是第二十八考场，看着她排到了队伍中，我悬着的心总算落回原位。校门口还有学生陆续进去，家长们立在门外，目光齐刷刷地盯着校园。铃声响后，孩子们跟着自己的领队，昂首阔步地上了"战场"。校园里顿时静悄悄的。执勤的老师让大家尽快回去，等孩子考完再来接。近处的家长，都回家了，远处的家长依旧手扶着学校的栏杆站着。

突然，一阵风刮过，吹得树枝摇摆，地上的尘土乱飞，让人睁不开眼睛。豆大的雨点从天而降，噼里啪啦地砸在窗上和栏杆上叮叮当当地响，冻得人瑟瑟发抖。

"这么冻的天气，有些女人还穿的是裙子，看今天不冻坏才怪了。"人群中的一个男人说道。

"早晨没有这么冷的，谁知道天气会变呢？"另一个说。

"那几个穿棉衣的人真暖和。"有人羡慕地说。几位穿裙子的女人受不了冷，缩着身子弓着腰回家了。

"这天气说变就变，刚才还好好的。现在就让人受不了了，不行，得找个地方避避。"我身旁一位身材均匀，皮肤亮丽的女人说。

"对面的养老院里咱过去看看，能进去暖暖身子吗？"我对女人说。

"这么多的人，怕人家不要。"

"过去看看再说，活人不能让尿憋死啊！"

我撑着伞向养老院走去，女人没带伞，钻进了我的伞下。我俩并肩而行。

当我们来到养老院门口时，有几位家长早已围到一起在门口避雨、取暖。而养老院的门关得严严实实的。一位五十岁左右的老叔，带着白色的浅圆白帽，穿着一身黑色的中山服，布底鞋，蹲在两个年轻人中间，两手筒在袖子里，头微勾着。老叔左边站着一位三十岁上下的青年人，上身穿着米黄色的毛衣，下身穿着蓝色的裤子，背靠在养老院门口的墙上，两脚摆出个八字。右边站着一位中等个子的男人，一手插进裤兜里，另一手伸进衣兜里，身边倒立着一把伞。在一起的还有两个女人，一位搭着桃红色的盖头，穿着棉衣。另一个里面穿着件

106

白色的线衣，外边披着黑纱，没有纽扣，衣襟敞着。由于天气冷的缘故，女人哆嗦得像风雨中的树叶，她的手和脸冻得通红，略带紫青。把衣襟扯过来交错，用手一直捏着。

"这哪里有买的衣服吗？我去买一件，这妖婆子天气把人冻死了。"穿薄衣服的女人说。

"咱们这里气候不正常，看你穿这么单。这里是郊区，没见买衣服的，就那一个小门市部还锁着，不然你进去暖暖。"穿厚衣服的女人对穿薄衣服的女人说。

天气越来越冷，冷得我不由得裹紧了衣服。寒冷感提示我，必须找个暖身的地方，不然冻着挨不住。我厚着脸皮，推了别人一下，挤进人群中，前后左右被别人堵着风，加之热量传递的原因，感觉身子骨一下子暖和了许多，我为自己的聪明窃喜。

从人群的缝隙里，我看见养老院里，有位腿脚不好的老爷爷，手里端着碗，一拐一瘸地向食堂里走去。紧跟着后面又出来了三四个人，拿着碗去打早餐，很快撵上了老爷爷。

"这些人蹴在这里多美！饭来张口，衣来伸手，要是在家，还不得给儿女喂牛羊，做家务。我老了干脆就进养老院，谁的脸色也不看。"人群中的一个人羡慕地说。

"我老了可不想进这里，像蹲监狱似的把人心急死了。"另一个说着。

"有人说养儿防老，现在的年轻人啊，老人能干动活的时候，满脸欢喜。一旦干不动了就吹胡子瞪眼，觉得老人是他们的累赘。我看共产党比儿女好，低保、医疗保险、养老金、精准扶贫等一系列好处，一到时间就打到卡上。"也有人这么说。

大家又站在一起有一搭没一搭地拉闲话。

学生进考场大概半个小时了，还有考生往来赶。一个女人在前跑，女儿跟在后，跑得娘俩满脸通红，大口地喘气。身后还有一个高个子，瘦瘦的男人拉着和他长得一模一样的男孩在大步地向学校奔跑。

　　"这些家长，早干啥去了？这会儿才来。这两个娃肯定做不完卷子了。"人群中一个说。

　　"有时等车就等麻烦了，平常走得好好的，关键时刻人家就不走了，干急！"另一个说。

　　"唉！娃娃跑得上气不接下气，现在进教室可能就感冒了。"大家议论纷纷！

　　人们闲扯的话题一茬接一茬，就像这凌冽的寒风一阵紧似一阵，话题东扯西拉没个定性，随心所欲畅所欲言，但听着都很实在。人群越挤越紧，被寒冷包围又压缩，几乎都忘记了男女有别，甚至能感到打冷颤时肌肉的抽搐。

　　此时，养老院对面的一个小门市部的门开了，三三两两的人向门市部走去。我也跑进去取暖。

　　"你想要个啥？"门市部的人问我。

　　"暂时不要，等会儿给女儿买点吃的。外面冷得受不了，就跑你这里了。"我笑着对门市部的女人说。

　　"给我一瓶矿泉水就，馍馍我带着呢，昨晚加的夜班，现在饿得支撑不住了。"一位胖墩墩的女人对买货的说。

　　"你在哪干活？"一个扎着辫子的高个子女人问。

　　"在李家沟砖瓦厂。"胖女人回答。

　　"听说那里干活的都是外地人？"高个子继续问。

　　"也有本地的，那些外地人比本地人干活更扎实，尤其是那些女人，带着娃娃干活，看了让人心酸呀！那些娃娃一天风吹日晒，大人忙着顾不上给换衣服，个个脏得像从垃圾堆里爬出来的。孩子一睡着就随便扔在干活的附近，醒来凑合着吃点，立马用双肩背筐背在脊背上去干活，陪大人一起把东山的日头背到西山。只有晚上的时候才能在房子里睡个安稳觉。"胖女人滔滔不绝地说着，吃着，我们入神地听着。表情也随着她的语气忽明忽暗，思想伴着她的表述时而高涨、时而低落，她说得很随意但也很传神，说的那些情景仿佛就在眼前。

"给我再来一瓶矿泉水，早晨急着送娃娃，没顾上喝点水，干了一晚上的活，心上干得很。"胖女人转过身看着门市部的女人说。

看来她真的是连渴带饿，吃馍馍的样子是风卷残云，一眨眼的工夫，就吃掉了三个馍馍。没顶事，又掏出一个来。一手拿着馍馍，一手端着水，咬一口馍馍喝一口水，水喝得有点猛，从嘴角漏出的水点在下巴上吊着，像露水豆豆。一双手粗糙黝黑，手指甲尖里布满了污垢，黑叽叽的。

"大家都别笑话我噢，干活的人总觉得饿着呢，感觉吃不饱。"胖女人羞答答地说。

"没事，你赶快吃，人是铁，饭是钢，一顿不吃饿得慌，奶过娃娃的和干过农活的女人们都深有体会，谁笑话谁呢？"另一个女人说。

"就是就是，都是从农村出来的，这个理大家都懂。"大家你一言我一语地说道。

正在这时，门里进来了一位小个子男人。他快步走到柜台前说："给我来一瓶营养快线，两个面包，现在第一堂考试快结束了，让娃娃吃点，早晨时间紧张着没顾上。"他这么一说，激灵了其他人。大家带着吃的，喝的快速向学校门口走去。我也坐不住了，随后跟着。

到学校门口，家长围在栏杆前，手扶着栏杆，目光急切地寻找着自家的孩子。

"玲儿，快过来，妈在这呢，考得怎么样？题难不难？饿了吧，看妈给你买啥好吃的了。"一个媳妇子尖声细气地说。

"军军，爸爸在这呢，快过来。"一个男人一手拿着瓶绿茶，一手提着一袋饼干，大声地呼喊着孩子。

"青青，看到爷爷了吗？"一位头发花白的老人，一手从护栏缝里伸进去，叫着孙子。

"爷爷，我看到你了。"一位男孩笑着向老人这边跑来。

"我的命（宝贝），考得咋样啊？"老人问孙子。

"还可以。"男孩答道。

"那就好，我知道我孙子很棒。"老人笑呵呵地说。

……

此时，做父母的恨不得给孩子把身上的肉割给吃。他们的一举一动被执勤老师看到了。

老师沉着脸，大声地说："你们现在都关心得很，早干嘛去了？还有下一堂考试呢，这么凉的天气，你们给买的是绿茶、八宝粥、水蜜桃……孩子吃坏了肚子怎么考试？"老师气愤地说。

家长听后，赶快夺回孩子手中的饮料。

过了一会，铃声响了，孩子们像潮水一样，向各自的考场涌去。家长们渐渐地散去，校园里又恢复了平静。

太阳神经兮兮，像喝醉酒似的，时隐时现，躲躲藏藏，人们的心情也随之起伏着，变幻着，冰冷灌进衣领、衣袖、钻入裤管，肆无忌惮地摧残着人们略为好转的心情。

十二点，孩子们考试结束了，家长们挤满了校门口。只听见执勤老师在广播上喊："请门口的家长暂时撤退，考生有专人带出！"老师的话音刚落，家长们像堵塞的流水被放开了，哗啦啦地向四处散开。

每一个考场都有标志，带路的学生手里高举着标牌，踏着稳健的步伐，从学校门口走出来，考生们紧跟在后面，排着一个长长的队伍，整整齐齐地从学校走出来。

家长们根据考场找自己的孩子，七嘴八舌地议论着。

我看到第二十八考场的牌子，就从人群中挤了过去，很快找到了女儿。

"考得怎么样？"我笑着问女儿。

"语文还可以，数学有点难。妈妈，我可能考不上尖子班，让你失望了。"女儿愁眉苦脸地说。

"没事，贵在参与，不是还有一次升学考试吗，我相信你一定能考好！"我在女儿的头上抚摸了一下，笑着说。

女儿听了我的话，稚嫩的脸上阴云慢慢散去。透过云层，一片璀璨的红霞镶在中天；太阳从云层里慢慢地爬出来，笑眯眯地悬挂在头顶……

我和洋芋的故事

　　洋芋形状不俏，颜色不靓，其貌不扬。它的形状大多椭圆，有的比较圆，像西红柿，有的扁扁的，一头大一头小，像鸡蛋鹅蛋，表面长着好多"眼睛"，洋芋长芽结果全靠它的"眼睛"。它的果实不是长在蔓上，而是长在地下，像花生一样，被土埋着，不像苹果梨杏儿高高地挂在枝头，让人一目了然。

　　洋芋的吃法有很多，可以做成不同风味的食品。可以煮着吃、蒸着吃、烤着吃、煎着吃、烧着吃、炸着吃……但我最爱吃母亲做的冻洋芋片、洋芋干、洋芋丝。

　　记得那时一到春播，就会将秋天在地里没拾净的洋芋翻出来，在地里睡了一冬天的洋芋变得黑叽叽，蔫澄澄的，没有一点水分。母亲每次去洋芋地里时，将我领上拾冻洋芋。我胳膊上挎着个小篮子，低头弯腰，目视着地面，把冻洋芋一个个拾到篮子里，带回家，等母亲闲了做。母亲做冻洋芋片时，先轻轻地剥了外皮，再拾到盆子里，剥洗干净，切成薄片，将锅烧热，倒入一股子胡麻油，切一根红葱，放入锅里，撒一丁点盐，抡起铲锅将葱花来去炒两下，把洋芋片一齐倒入锅里拿葱花一炝，撒上各种调料，用铲锅翻起来炒，炒上一大阵，之后旋一丁点水，将火候放小，让慢慢地熟。我等不及，手里掌着个碗，在锅台边绕来绕去，母亲见我着急的样子，在我头上抚摸了一下说："别着急，一会儿就好。"等待的时间是漫长的，不见洋芋片出锅，我就将碗放到锅台上，转身出去溜达。没一会工夫，我就听见母亲喊我的乳名，我疯了似的跑进厨房，将我的碗向锅边推了推。母亲揭开锅盖，一股香味迎面扑来，惹得我肚子里的馋虫一股脑爬到了嗓子眼，感觉嗓子里痒痒的。我咽了一口唾沫，眼睛直溜溜地瞅着锅，母亲看到我迫不及待的样子，就给我先舀了一碗，我坐在门槛上津津有味地吃着，熟了的冻洋芋片就像牛肉，吃到嘴里筋道弹牙，后味悠长。

三伏天时，母亲将窖里的旧洋芋切成薄片，晒在干净的地方，晒干了的洋芋片能放好几年，遇到洋芋薄的一年，可以解困。母亲将晒干的洋芋片装在袋子里高高架起，想吃时随时取下来一些，用清水浸泡，洗干净，放在开水锅里煮熟，捞出来用油盐酱醋油泼辣子一拌，吃起来软绵绵，香喷喷，让人食欲大增，意犹未尽。

每当做洋芋丝时，母亲左手摁住洋芋，右手握着切刀，从上面向下快速切下去。再将切好的片两三个重叠在一起，左手按住，右手切，每切一刀，她的左手向后慢慢地退，切成细条条，用清水洗净，把锅烧热，倒入一股子胡麻油，将葱花和洋芋丝倒进去炒几下，撒上各种调料。快熟时加几滴醋，吃到嘴里脆生生，酸溜溜的，越吃越爱吃。如今我也会做这几道菜，但吃不出母亲做的那种味道。

我出生在农村，长在农村。记得那时候，每次能帮助我度过危机的就是貌不惊人的洋芋。

听姐姐说，在我一岁的时候，我大嫂生下了二胎，和我同龄的侄子断奶了，每天饿得嗷嗷直哭，尤其是晚上，哭得人心慌。那时候日子过得拮据，吃了上顿没下顿，侄子没奶粉吃，粗粮又不敢喂给他。按当地的风俗，喂奶要讲究辈分，亲奶奶不能给孙子喂奶，可侄子饿得连头也抬不起，为了挽救侄子的生命，母亲狠心断了我的奶，将孙子早晚抱在怀里。我没吃的，趴在炕上哇哇大哭，尤其是看见母亲怀里的侄子，眼睛直直地盯着，手在被子上抓着，身子向母亲的方向倾，头摇得像拨浪鼓似的，眼泪鼻涕在嘴唇上吊着。姐姐说她只看见我的嘴像小鸟待食一样，一张一张的，几乎听不见声音。母亲不忍心看见我可怜兮兮的样子，将我交给姐姐操心，她尽量一天躲着不见我。

看不到母亲，我就没希望了，渐渐地不再哭了。那时没有好吃的给我，姐姐就将洋芋切成条条，炒成洋芋菜，在里面撒上一把莜麦面，轻轻地搅匀，熬成糊汤，觉得温度差不多了，一勺一勺地喂给我，我就靠吃洋芋糊糊打发着每一天。

以后的日子里，我对姐姐最亲，对洋芋更亲。有时，母亲想亲近我，我就缩头缩脑地躲闪，母亲笑着说："小家伙几天不见，把我忘了，见了我跟见了陌生人一样。"

母亲不在我身旁的那段日子，洋芋便成了我的最爱，我一饿就伸手向姐姐要洋芋，一天到黑手里捧着个洋芋啃，饱了就随时扔在身旁，饿了就拾起来，继续啃。有时候洋芋没煮绵，由于饿，我就一个劲地啃，洋芋上面常常留下我深深的带着血的牙印。姐姐看见就给我换个绵软的。

因此，我的生命中母亲和洋芋是同样重要，她们如同我生命中的两位母亲。一个赐予了我生命，一个养育我长大。

洋芋的适应性很强，首先它不拣嫌地茬，这样就给大面积种植提供了方便。可以在小麦茬、玉米茬、豌豆茬、荞麦茬种，可以来年在去年的洋芋地里继续种，也可以在荒地（没犁的地）里种。它不像麦子、胡麻、豌豆那么矫情，必须在松软的土地里生长。

结婚后，我一年四季与洋芋为伴。

开春时，我在窖里拾洋芋，丈夫在窖口接。我们将窖里的洋芋一笼子一笼子地拾出来，倒在阴凉处，把大的捡出来，拉到县城收购洋芋的地方卖掉，换几袋子化肥，小一些的切籽。将洋芋的眼放正，瞅端，一个眼一个眼地切成三角形的方块，如果两个眼离得近，就将两个眼摆端，切成一整块。之后将没眼睛的洋芋芽单另挑出来，洗了煮着吃，也可以炒菜和在饭里面。吃不完的就成了牛羊的美餐。

　　种洋芋费力，我们就和邻居合伙干。丈夫在前面耕地，我和邻居在两头遗籽。邻居在牛的那一头，我在牛的这一头，洋芋籽装在尼龙袋子里，在地里一截一截地依次立着，断籽了就随时去取。洋芋遗得不能太稠，稠了长不大，还浪费籽。一小步一个最合适。我胳膊上挎着个笼子，勾着头，目视着地，侧着身子，手里抓上几个洋芋籽均匀地点开，抬起脚踩瓷实，就固定了它的位置。没踩的洋芋籽就会被牛蹄子和犁拨到了外面，错了位置，出来的洋芋苗苗不匀称。

　　夏天，洋芋将地面顶个土包，慢慢地探出脑袋，睁着眼睛窥探着崭新的世界。刚出土的洋芋苗就像娃娃的手在外面伸着。此时，我开始拔草、松土、施肥。早晨背上半袋子尿素，拿个盆子，肩上扛着个锄头，来到地里，将尿素倒在盆子里，左手将盆子端在胸前，右手均匀地将尿素撒在地里，眼前的尿素就像雨点儿顺着洋芋叶子落在地里。撒一会儿尿素就抡起锄头，低着头一步一步地向前锄。锄完后再继续撒，撒罢接着锄，像割粮食一样，一趟结束后再返回原来的位置，一直向前，向前，直到锄完为止。

　　秋天，秋风萧瑟，洋芋蔓一天天地变蔫、枯萎。洋芋却一天天地长大、饱满。挖洋芋是我最开心的事，每天星星还没有落完，我就爬起来准备一天的干粮，忙到闪亮的星星爬上黑色的天幕，我才开始做晚饭。一顿饭吃罢，已大半夜了。常常是起鸡叫睡半夜，但是看见窖里的洋芋一天天增多时，心里感到无比的高兴，一高兴就忘了一天的疲劳。

冬天，是农民最悠闲的季节。早上起来时，把炉子里的火烧旺，锅里煮上洋芋，在蒸板上面蒸上油花卷子，再捞上一碟子咸菜，端在桌上。一家人坐在热炕上吃着，看着电视里的精彩节目笑着，享受天伦之乐。

每当遇到人情世故时，我们就打开窖门，一个人在窖里拾，一个在窖口接，将洋芋一笼子一笼子地从窖里提上来，倒在蹦蹦车（农用三轮车）厢里，拉到县城去卖，立马就解了燃眉之急。

在我幼年时，洋芋挽救了我的生命。长大时，家里的油盐酱醋，生活用品，一切费用都来自洋芋。洋芋是我家的摇钱树，是农家人的命根子，是脱贫致富的金蛋蛋，是我家乡的宝藏……

甜　醅

　　俗话说得好，娘有儿有不如自己有，自己有不如怀里揣着有。

　　丈夫外出打工，几个月了没给家里寄钱，甚至连个音讯都没有，一家人的生活就陷入困顿。菊花一个人带着三个孩子忙里忙外，没时间外出打工，也就没有来钱的门路，只能眼巴巴地待在家里受罪。

　　孩子咳嗽没钱买药，菊花就将清油倒出一小勺来，放入三颗花椒熬熟晾凉，让孩子喝上，咳嗽也就治好了。孩子发烧时，她就用野甘草熬水给孩子喝，将毛巾用开水烫了，晾温后敷在孩子的额头上，如此重复几遍，孩子的高烧也就慢慢退了。菊花就是用这种办法，节衣缩食，维持一家人的生活。

　　头疼感冒的事情可用土方子抵一抵，要是遇上红白喜事就犯难了。尤其娘家过事情，马虎不得，这礼不得不搭。这不，马上要给爷爷念素儿了。趁这个日子，大哥家要给儿子娶媳妇。这可是大哥家的头一份大事，不能两手空空地去。该怎么办呢？菊花愁得无法入睡，翻来覆去地在炕上折腾。天亮之后，还是没有想出办法来。她搜遍了家里的每一个角落，也没有发现有什么可变卖的东西。菊花心急上火，嘴唇都烂了，吃饭时嘴疼得张不开。

　　菊花想去姐姐家求助，一想起盖房子时借姐姐的钱还没还上，就打断了这个念头。手里握着个推耙子在大门外一圈一圈地搅牛粪，把牛粪一行一行地豁开。搅罢牛粪后，她抱着推耙子蹲在地上，瞅着牛粪发呆。

这时，邻居乔花的丈夫牛娃背着个背包从菊花家门前经过。"想什么事情呢，这么入神？"牛娃问道。听见声音，菊花连忙转过头说没想啥，刚把牛粪搅了一下。牛娃问菊花的丈夫回来了没有？菊花说还没有。两个人聊了一阵儿，牛娃回家了，菊花拖着推耙子进了院子。把推耙子立在墙旮旯的时候，她猛地产生向乔花借钱的念头，兴许乔花能解自己的燃眉之急。

第二天，菊花做完家务活，便去邻居乔花家。

菊花站在乔花家的大门前，狗叫着，她不敢进去，便大声喊堵狗来。来呢来呢。乔花人还没出来，声音早就传出大门。大门咯吱一声响，只见乔花系着个花围裙，手上还沾着面粉。乔花将狗呵斥了一顿。狗瞪着眼睛，委屈地钻进窝里，还不住地偷窥着。乔花笑盈盈地将菊花迎进屋，端来馍馍，泡了杯茶。

坐在乔花家的炕沿上，还没等菊花开口，乔花已经猜想到她的来头。她说："我家供养着一个上大学的、两个上高中的，紧困得连买菜的钱都没有。你的娃娃还碎着呢，花钱不打事（不要紧）。"菊花听完乔花的话，再没敢张口，坐了一会儿，便回家了。

满怀希望地来，心灰意冷地去。

菊花知道乔花是个嘴甜心苦的人，关键时刻帮不上忙。如果有一分钱的奈何，她是不会去乔花家的，这是没办法的办法。突然，菊花想起一位曾经要好的同学，已经参加了工作，便十拿九稳地去同学家。同学一见菊花来了，热情招待。当提起借钱的事时，同学笑了笑说："也许你不信，虽然我住的是高楼，可每个月的工资只是个生活费。买楼房时欠了一屁股账，现在还没还上。"菊花苦笑了一下说："没事，钱嘛是硬头货，没有没办法。"她强装笑脸，离开了同学家。

菊花失魂落魄地在街上走着，看到路边有人卖甜醅，心里一亮，便又产生了卖甜醅的念头。她想天气这么热，卖甜醅的生意也许不错。于是，她想赶快回家，尽早准备一下，可浑身没一点力气，脚腿不听使唤，迈不开步子，不争气的眼泪也跟着流了下来。她觉得非常沉重，腿却软得像海绵似的，实在走不动，便坐在街旁，抱头痛哭。太阳受了惊吓似的钻进了云层，再也没出来。一只野兔出来寻食，惊吓了一群正在散步的野鸡，它们叽里呱啦地尖叫着飞起来。菊花才如梦初醒，该回家了。

睡在炕上，菊花心里的酸楚如浪潮翻滚，淹了心窝，涌到眼眶里。当她把心里的悲伤哭出来后，便觉得痛快多了。

第二天，学着婆婆的样子，菊花将家里仅有的两袋莜麦拽到院子中央，倒在地上开始收拾。筛子斜立在莜麦堆上，一手扶住筛子，一手将莜麦刨到筛子里，一筛子一筛子地把莜麦里面的细土筛出去，再用簸箕簸去糠秕的莜麦，然后在收拾干净的莜麦里滴少量的水，把莜麦和水拌匀装在袋子里。叫来十岁的儿子，娘俩牢牢地抓住袋子两头，喊着一二三，同时把袋子提起来再摔下去。这样反复摔几次，莜麦毛毛就被摔拌掉了。菊花累得嘴里直冒烟，心脏快速地蹦跳着，儿子也累得一屁股坐在房台子上不住地喘气。

晚上，菊花从袋子里倒出莜麦，坐在小板凳上，将簸箕架在膝盖上，勾着头把聚拢在一起的莜麦轻轻地刨开，仔细拣掉里面的小石头、燕麦、灰条籽等杂物。然后在铝盆里倒上水，将收拾干净的莜麦用碗量好，浸泡在清水里，搓洗干净后倒在锅里泡好再煮。煮时要一圈一圈地搅，这样煮出的莜麦不会夹生。一个小时后，把煮好的莜麦倒在大案板上晾温，再将甜醅麯撒在上面搅匀后装在盆里，洒上温开水，用布苫住端到热炕上。这样捂出来的甜醅颗粒水嫩，香甜可口。菊花做得非常细心，倾注了自己的满腔热情。

做甜醅的这个晚上，菊花做了个梦，梦见自己去了一个陌生的地方。那里有许多鸡鸭鹅，她把一盆粮食撒出去，它们争先恐后地跑过来抢着吃。这些家伙不顾羞丑，嘴里吃着，屁股里屙着。她只得用铁锹一坨一坨地铲屎。从梦里惊醒后，她有点担心。究竟是好梦还是不好的梦，她一时拿不准。据说梦见尖嘴子，肯定是淘气；梦见屎，反倒要发财。鸡鸭鹅是尖嘴子，会不会冲淡财气？

第三天早晨，甜醅发酵而成，一股诱人的酸酸甜甜的味道溢散出来。在院子里干活的菊花闻到了，惹醒肚子里的馋虫，令她忍不住咽口水。菊花兴奋地揭开白布，自然发酵的甜醅那特有的醉人的香气顿时弥漫屋内。孩子们嚷着要吃，她舍不得，只给几个孩子舀了一小碗。孩子们吃完后还要，她说甜醅不像饭，吃多了醉人，尤其是热甜醅更容易醉，等卖剩下了再吃。孩子们信以为真。

菊花将甜醅装在塑料桶里，架在自行车后座上，去街上卖。从家到街上有一段路程。菊花小心翼翼地握着车把，拧着身子慢慢地向前移动着脚步，生怕把甜醅泼撒了。上了两道坡，绕过了一个弯，再下三道坡，经过了一座桥，终于来到县城。

菊花将所有的希望，寄托在甜甜酸酸的甜醅上。她左转右拐地来到熙熙攘攘的西市场。摊主和小贩一溜溜一排排地摆着货物，七嘴八舌地就像一群蜜蜂在嗡嗡叫，根本听不清他们在说什么。在这嘈杂混乱的人群里，菊花不知道哪里有自己的位置，东看看，西瞧瞧，走到一位脸蛋通红的卖油圈的女人跟前。车子还没立稳，那女人摆着手说："媳妇子，把你的车子推过去，这是我的摊位，你横在这儿挡我的生意。"

"我看见你这儿宽着，所以就过来了。"菊花脸一红，轻声说道。

被那女人呲过后，她调过车头，向另一边推去。头遭难头遭难，因为碰壁，菊花再没有勇气在西市场立脚，便委屈地离开了。出了西市场，她看到街道对面有一排柳树整齐地挺立着，柳丝在风的牵动下轻轻摇曳。她想，把摊子摆在那里应该没人阻挡吧。她避过街上的行人和车辆，在那排柳树下选了一块干净的地方，将车子立稳。目视着过往的行人，她张了几下嘴，就是喊不出声来，觉得跟做贼似的难受。

菊花着急地走过来转过去。过路的人看她时，有的目光和善，有的目光严肃，有的目光冷峻。让她难受的是，有的人不屑地白她一眼。看到这一幕时，她突然想到了丈夫。怪不得丈夫很长时间没给她寄钱，原来这钱真不好挣啊！让她纳闷的是，她跟那些人形同陌路，为什么看她的眼神如此冷漠呢？是不是她衣服没穿合适？她把自己上下观察了一下，觉得没有什么不适。究竟是什么原因呢？不得其解。

站了半天，菊花连一碗甜醅也没有卖出去。看见认识的人时，菊花不敢正视，老早就把脸扭向另一边。等认识的人走过去，她才把脸转过来。俗话说，出门三步是离乡人。她体会到了出门在外的难处。不知道丈夫在异乡是怎么生活的。想到这里，她心里异常难受，对丈夫不再埋怨，反而更加想念丈夫，也理解了丈夫的无奈。

恰恰在这时候，城管人员走过来，抓贼似的站在菊花面前，并且斥责她说大街上不能随便乱摆摊，命令她赶快离开，否则就要没收她的东西。菊花本来想说明自己的难处，期望得到他们的理解和同情，可他们那油盐不进的神情和拒绝的样子，是根本容不得对方说话的，她只得将嘴边的话又咽了回去。菊花咬了咬嘴唇，无可奈何地瞅了瞅城管人员，胆怯地推上自行车向别处走去。她的脑子里开始嗡嗡响，好像有无数蜜蜂在里面攒动。这么一大桶甜醅，她和孩子根本吃不完，家里又没有冰箱，只能等着糟蹋。菊花犯愁，不知不觉中从正街走到了背街，走到了幼儿园门前。她既累又渴，就将车子停下，打算坐下缓一缓。

有位老奶奶，搭着白盖头，穿着大襟上衣，裤口用白带子扎着。老奶奶站在菊花面前，笑盈盈地说："媳妇子，你这桶里装的是甜醅吧？味道挺香的，我老远就闻着了。你这是在卖吗？"菊花赶紧说是。老奶奶说她要买一碗。菊花见老奶奶要买她的甜醅，眼前猛然一亮，全身来了劲儿，一下子精神了许多。

菊花从车框里拿出碗，套上食品袋，揭开甜醅盖子。颗粒饱满、水嫩白净的甜醅呈现在老奶奶面前。老奶奶舀了一小勺，品尝后不住地点头说真好吃，这才是正宗的甜醅，是自然发酵的。老奶奶还说好不容易碰上这么好的甜醅，她要买两大碗。一听老奶奶要买两大碗甜醅，菊花心里乐得喝了蜜，高兴地说："阿姨，您是我的第一个顾客，我再给您送两小碗。麻烦您向左邻右舍做个宣传，在我这里来买。"

"不用不用，我知道做甜醅麻烦得很。"老奶奶摆手。菊花执意要送。好意难却，老奶奶只好接受。一小碗甜醅卖一块钱，一大碗甜醅卖五块钱，菊花一下子卖了十块钱。虽然不多，小生意毕竟开了张，应该是个好兆头。菊花心里暖流直涌。

"阿姨，想吃甜醅了，就到幼儿园门前找我。"菊花期待地说。

"好的，我一定来。"老奶奶笑着说。

透明塑料袋里的甜醅明晃晃地摇动着，路过的人看见了，纷纷打听。慈祥善良的老奶奶便乘机做起了广告，指引他们朝菊花这边走来。正是学生放学的时间，正是城里人下班的时间，街上的人很多。菊花不知哪来的勇气，突然放声吆喝起来："卖甜醅喽，不甜不要钱！"

菊花吆喝着，人们纷至沓来。甜醅是自然发酵而成，口感好，外观也好，干净卫生。顾客簇拥在她面前，菊花一边装甜醅，一边找钱，一时间忙得不可开交。不到一个小时，一大桶甜醅便卖完了。俗话说钱眼里有火，这话是真的。菊花虽然一天没吃东西，但总觉得肚子被什么东西填得满满的，一点也感觉不到饿。

一天没管孩子了，菊花把车子停在电影院广场，给孩子们买了几个糖酥馍，几个苹果。到三岔路口时，看见一位麻眼（瞎子）引着个小女孩，跪在地上要乜贴。菊花走到麻眼跟前，把苹果和糖酥馍给娘俩一人给了一个，又掏出十块钱给她们，这才精神百倍地骑着自行车回家了。

进了屋里，不见孩子们的影儿，菊花心里着急，喊着孩子们的名字，从前院找到后院。牛看见了她，哞哞地叫唤起来，埋怨主人怎么才回来，饿死它了。孩子们没找到，菊花顾不上理睬牛。找到房子背后，她这才把心搁到肚子里。几个孩子放着大炕不睡，竟然睡在炕眼门跟前，火球一样的太阳将他们晒得黝黑，汗珠像露水豆一样在脸上挂着。菊花将他们叫醒，进屋去了。咋不知道把妹妹引到屋里？菊花抱怨大女儿。大女儿胆怯地看了看菊花，咬着嘴皮子不吭声。菊花见她可怜巴巴的样子，语气绵软下来，对大女儿说以后她不在家时，要和妹妹在屋里坐着，不许乱跑。

将孩子们安顿好，这才记起牛，菊花又跑去伺候牛。

熟能生巧，菊花按照第一次卖甜醅的经验，又去了老地方。她原想会和昨天一样运气好，能碰到更多买甜醅的人。谁知一天和一天不一样，路过的人一问价，扭头就走。她心里有些惆怅，有些无奈，看着从她身旁离去的背影，不住地叹气。她终于体会到，做生意也需要碰运气，运气顺了，挡也挡不住；不顺，再着急也没有用。

过了好长时间，一个一脸雀斑的女人走了过来，买了一小碗甜醅，说是心口干得很，喝一碗甜醅水就行了。"来一大碗行吗？"菊花用乞求的口吻说。

做生意有个讲究，第一个顾客爽快，这一天的生意就好；第一个顾客吝啬，这一天的生意就不顺。大碗利润多，小碗少。那个女人说自己也是个做生意的，小生意不景气，家里花销又大，孩子就在旁边的幼儿园上学。那个女人说罢，表扬她的甜醅确实好喝。菊花听了，心里甜丝丝的。她的甜醅货真价实，得到了顾客的认可。

菊花在寻找那个爱吃甜醅的老奶奶，看了半天，也没见她的影子。当时忘了问老奶奶的家庭地址。她现在很渴望有一部手机，将顾客的号码留下，这样联系起来就方便多了。

幼儿园的孩子们一个一个被家长接走，菊花的甜醅也一点一点地少下去。紧接着她又来到学校的门口，接娃娃的家长多得很，黑压压的。菊花挤进人群里，城管人员不易发现，她小声吆喝着。听到吆喝声，那些爱吃甜醅的人和那些不爱做饭的女人向菊花走来，让菊花给他们盛甜醅。有人主动索要菊花的手机号，意思是什么时候想吃甜醅了，就直接给她打电话。菊花遗憾地说没有手机，说她就在附近卖甜醅。学生们走光了，菊花的甜醅也卖得差不多了，心里有说不出的喜悦。

菊花的胆子大了许多，见了认识的人也没有那么紧张了。她推着车子，边走边吆喝。

街上那些开各种门市部的人，闻声出来，买菊花的甜醅。有时候，她路过半天了，有人从后面追上来，让她等一下。有时，城管人员看见穿行在街道的菊花，示意让她推过去，她将车子推进小区躲避，他们也就不追了，睁一眼闭一眼的样子。

菊花想，人还是要走出去，她一直待在家里，啥都不知道。外面的人原来有这么多，还有许多优美的风景和高大的楼房。她卖甜醅不仅挣到了钱，还见了世面。早知道有这么好的事，她应该老早就走出来，不该待在家里活受罪。渐渐地，菊花的小生意一天比一天红火，虽然被太阳晒得又黑又红，可她的心里美滋滋的。

邻居们看见菊花的小生意做得很旺，也学着她的样子去大街上卖甜醅。可是没有菊花卖得快，有时候卖不完，第二天接着卖，被顾客东嫌西嫌，白送人家也不乐意要。有个邻居媳妇子没赚到几个钱，倒把心情搞得很糟，垂头丧气的。同行是冤家，见菊花的生意好，就有点眼红。邻居卖甜醅卖不过菊花，便起了嫉妒之心，慢慢对她冷漠起来，有时候竟然造谣生事地侮辱菊花。

一天，堂嫂给菊花端来了一小盆肉菜。菊花上前，笑盈盈地相迎。进屋后，堂嫂说："你一天在哪里卖甜醅呢？把我也引上。让我也挣两个零花钱，几个娃娃呢，钱把人逼死了！"菊花知道堂嫂的来意："看嫂子说的，我哪儿有什么地方呀！还不是在街上乱跑，每天和城管人员做着猫追老鼠的游戏，辛苦得很。"

堂嫂是个残疾人，腿脚不灵便，她按照菊花说的，在五金公司门前摆了个摊位。城管人员一看是个残疾人，也就不怎么追究了。过路的人就在堂嫂那里买甜醅。时间长了，那些顾客说那个跛腿媳妇子的甜醅吃到嘴里，后味长得很（味道香）。一传十，十传百。这样，堂嫂的名声就传出去了。有些卖甜醅的女人看到堂嫂的生意红火，甚至羡慕堂嫂的跛腿，凭这个城管人员可以不追究。那些卖甜醅的女人就钻空子，将她们的甜醅也摆在哪里，也能混着卖一阵子。

菊花买了一部手机，把所有顾客的名字输入手机，有了联系方式，她的生意更火了。尤其是端午节，许多顾客提前预定，她就得提前做好甜醅，给人家送过去。

菊花想开一家甜醅专卖店，乔花知道后，主动给她借了三千块钱。

"你怎么敢给我借钱呢！不怕我还不起吗？"菊花故意问。

"哎呀，你还记恨我呢！难道你不知道？老回回不记隔夜仇。我这是将功补过呢。"乔花笑哈哈地说。

菊花终于开了甜醅专卖店，也在心里种下了一个新的希望：开几家连锁店，把村里的姐妹都带上，一起把日子往好里过。

苦 荞

在庄稼中，我最喜欢荞麦，更喜欢苦荞。

苦荞是一种草本作物，生长期限短暂，耐旱耐寒。到了秋天才能成熟收割，因此，我们把它叫做秋田（秋粮的意思）。

苦荞对土壤的适应性强，无论在什么茬口上都能很好地生长。它不像麦子、豆子、胡麻等农作物那样娇贵，须把地耕得松软、平整，还要倒茬口。苦荞只要气候适应，任何土壤，包括不适应于其他作物生长的瘠薄地，新开的荒地均可种植。

鉴别苦荞发芽的方法很简单，只要剥开荞麦皮，能发芽的种子内皮呈绿色，不能发芽的陈种子内皮呈黄色。苦荞在五月上旬开始播种。它不像麦子、洋芋等那样费力、费籽，种一亩苦荞大概有七八斤籽就够了。种植时，可以一边耕地一边下籽，也可以先在地里撒上籽再耕地，种的时候不能将地耕的太深，太深了就会将种子"吊死"（长不出苦荞苗来）。撒籽时，把籽捏在手里均匀地朝一个方向撒，让籽从手指缝隙里自然掉落，先盯着地形顺撒，再逆撒，只要盯住撒籽的趟数就不会留下空白地来。撒籽时要把握好，不能大把大把地猛力甩撒，那样既费籽又减产量，而且出来的苗苗也不均匀，我家乡有一句方言说得好："稀吃饭，稠好看。"所以种苦荞时宁可稀不可稠，因为它出土后还要茬扩（西吉方言，意即边生长边分枝开花）。

荞麦苗刚出地面时，头顶着个绿草帽，形状像伞。近处一看，就像许许多多的小绿伞直立在地上。远远望去好像铺上了一张翠绿色的毯子。

荞边生长边开花，花朵的颜色一半是纯白色，一半是桃红色，它的叶子是绿色的，秆是红色的。金秋时节，梁梁垴垴、沟沟洼洼的苦荞花竞相开放，芬芳迷人，在微风中摇曳生姿。登高远望，"漫漫荞麦花，如雪覆野田。"近处看，就像一张粉红色的地毯铺在大地上，它给贫瘠的山沟增添了一派欣欣向荣的景象。此时，当你来到苦荞地时，一股沁人肺腑的花香扑鼻而来，新鲜又甜润。瞬间，你的肺腑肠胃都会被苦荞的香味渗透得舒畅美妙。

苦荞花的幽香招来了成群结队的蜜蜂，还有蝴蝶。无数蜜蜂在花下嗡嗡嘤嘤，对对蝴蝶在花丛中舞姿翩跹。它们在花的海洋中时而起飞，时而降落，互相追逐嬉戏。花的芳香让它们流连忘返。

苦荞的秆很嫩，把它捏在手里不费力就折断了。秆的颜色呈紫红的，把它捏在手里，手就会被它的颜色染红。籽儿黑黝黝的，并且连成串，如同葡萄的形状，一串一串的。成熟的荞麦籽多叶少，远远望去黑压压的一片，就像成千上万的黑蚂蚁。

苦荞从播种到成熟需70到80天，此时它的枝秆就变成了棕色。它的籽儿有三个棱角，呈三角椎形，像一串串黑玛瑙一样。俗话说：三片瓦盖了个庙，里面坐着个"白老道。"指的就是苦荞成熟后的形象。

苦荞成熟时，会散发出一股浓浓的香气，在空中飞翔的喜鹊、乌鸦、鸽子禁不住荞麦香气的诱惑，它们趁地里没人，扑棱棱地一齐落在荞麦地里，偷吃荞麦颗粒。

掌握好荞麦的成熟期极为重要，它必须在降霜前收割完毕。如果在霜后收割，既减产量又费力，因为霜会把荞麦的秆打蔫，颗粒会掉落一地。霜打过的荞麦秆像皮条一样松软，用镰刀割或手拔都很费力。由于荞麦花期长，开花结果时间不一致，成熟期也不一样，有70%的颗粒变黑，就到了收割期。

苦荞是庄稼中收割不费力的一种，因为它的茎秆脆嫩。收割苦荞时，蹲在地里，左手揽住一束苦荞的枝秆，将右手握着的镰刀放平，在它根部轻轻一拉，一束束苦荞刷刷地应声倒下。为了运送方便，需要把它扎成捆。苦荞的扎捆过程与其他农作物不同，它要扎上下两道腰，因为它的颗粒从根到头都有，为了防止雨水的淋湿，必须在它的头顶再扎道腰。在扎的过程中，不能用力太大，尽量小心谨慎，避免外层颗粒脱落。

苦荞全身都是宝。它的花粉被蜜蜂酿成香甜可口的蜜，南方养蜂的人经常在荞麦花开放的季节就千里迢迢来到我们这里放蜂酿蜜。苦荞面的吃法也很多，可以做成面条、搅团、凉粉、馍馍、油圈等。荞麦皮既黑又亮，气味芳香，松软清凉，是人们填充枕头的好原料。荞麦皮做的枕头透气性好，冬暖夏凉，不仅用起来舒适，而且不变形。能够平衡人体睡姿，还有凉血等保健作用，对头部有极好的塑形和支撑功能。

每年年三十晚上，我们这里有吃荞面搅团的习俗，听老人说："三十晚上吃搅团，一年四季够搅然（搅然，西吉方言，是丰衣足食的意思）"。经现代医学研究发现，苦荞面还具有降血糖、降血脂，提高免疫力的作用，是人们治糖尿病的好药材，成为绿色保健食品。

苦荞不但是餐桌上的美食佳肴，也是制作加工土特产不可缺少的添加剂，更是科学养生保健系列的座上宾……

我喜欢苦荞，因为它给予我们不一样的人生体验；我爱苦荞，因为它让我懂得了一种独特的生活意蕴！

欢　欢

每每看见街道上成群结队的流浪狗时，欢欢的一举一动就在我的脑海里盘旋。欢欢是我家养的一只土狗。它的样子活像狐狸，村里人见了就给它起了个绰号"野狐子"，我给它起名为"欢欢"。

记得刚结婚的那两年，丈夫常年在外打工，我跟年迈多病的婆婆相依为命。那些日子里，欢欢陪着我娘俩，也给我们带来了许多快乐，让我深深地喜欢上了它。

欢欢身体瘦瘦的，毛色像松鼠，黑灰相间，摸上去像缎子一般光滑柔顺。两只眼睛向两边斜长着，眼珠子咕噜噜直转，仿佛两颗黑宝石。两只耳朵警觉地竖着，撅着的小尾巴，总是悠闲无聊地四处嗅着，走起路来，画一地的梅花。

欢欢的性子非常温顺，如果你对它好，它就用头顶你的腿，用舌头舔你的手，好像小孩子在撒娇；如果陌生人来家里时，它立刻汪汪地叫个不停，甚至会疯狂地向客人攻击。只要你喊一声，它立马停止叫声，眼睛不时地打量着客人，不住地摇着尾巴，表示欢迎。

欢欢吃食物时，总要低下头用鼻子嗅一嗅，之后才慢慢地用舌头舔食，舔食的声音很有节奏，听起来就像音乐。每当听到特别的声音，它的耳朵总会竖起来，认真地倾听着外面的动静。

天气暖和时，欢欢总爱舒展着身子，趴在地上睡，一副懒汉模样。

如果开心的话，还会四脚朝天睡，肚子随着呼吸一鼓一鼓的，身子一会儿向左一会儿向右，像驴打滚。

夏天到了，大热天里，欢欢总是张着嘴巴吐舌头，红红的舌头垂在下巴上，却不见它身上出汗，我觉得奇怪就问婆婆，才知道狗通过舌头散热。

冬天的时候，欢欢也怕冷，把头紧紧地埋在前腿间，蜷着身子呼呼大睡。睡醒了，它伸腰张嘴，有时身子一拱，抬起爪子揉眼睛。

那年月，生活十分困难，我们顿顿吃的是秋田面（荞麦面，攸麦面等的总称）。给欢欢常吃的是麦麸、谷糠之类的，就这量也不大，婆婆安顿只捏一把打个水味就行，剩余的还要喂牛羊，连剩饭都舍不得给欢欢。我常常背着婆婆给欢欢饭和馍馍吃，日子久了，它跟我成了形影不离的好朋友。

那时候，每天天麻麻亮，就要去沟里担水，全村人同吃一泉水，去迟了就舀不到。起初，我有点害怕，不敢独自去沟里担水，欢欢跟着给我作伴。它撒着欢子一会儿在前，一会儿在后，我蹲在泉边舀水时，它就蹲在离泉不远的地方等我，等我舀满水桶起身时，它又跟随着我走，有时候像猴子蹦跳两下，就像故意逗我开心。

我去地里锄草时，欢欢也跟着，在地头来回转悠。它的爪子很锋利，还有一个特别灵敏的鼻子，能闻到几里以外的气味。有一次，在豌豆地里，我发现它低头晃脑在寻找什么，不时用爪子刨土，不一会儿就挖出一个大圆形的坑，咬死了一只胖乎乎的蛤蛤（鼹鼠），叼在我面前扔下给我摆功。看到它得意洋洋的样子，我就在它头上抚摸了一下，它更加兴奋了，甩了两下头又蹦又跳起来，把豆子踩坏了一大块，我叫它的名字，让它不要再撒野，它很听话，就乖乖地蹲在我身旁闭目养神。

我到山上铲草时，欢欢也跟着，有时还能捕捉到野鸡或野兔。它叼着猎物跑在我面前炫耀，我笑着夸夸它，它高兴得不停地给我摇尾巴，还用前爪子抱我的腿，头依在我的身上，用嘴蹭我的手，弄得我一身狗毛。

回家路上，我走得快，欢欢的步伐就迈得快。我累了，靠在地坎上缓着，它就蹲在我身边，吐着舌头望着我，用头拱我的腿，爪子挠我的胳膊。

我做饭时，欢欢就蹲在门槛边看着我。

我去邻居家时，欢欢像小孩一样跟着我，邻居家的狗咬着不让它进去，它就蹲在门外等我出来。

晚上，欢欢就卧在我的门口，听着它出气的声音，我感觉会踏实多了。有一天晚上我做噩梦了，从梦里醒不来，是欢欢的叫声把我从梦中吵醒，醒来时惊了我一身的冷汗。我开门抚摸了一下它，它像孩子一样，机灵的眼睛深情地望着我。

欢欢常常跟我到野外捕捉野物吃，把嘴惯坏了。有一次，竟然把邻居家养的一只家兔偷吃了，邻居发现跑来告状，并警告我说，如果欢欢再偷吃的话，她拿老鼠药毒死它。无奈，我当着邻居的面狠狠地踢了欢欢几脚，并拿来铁链拴住了它，它被我踢疼了，像个犯了错的孩子，把头垂得低低的，尾巴夹在两腿之间，眼角里流出了伤心的泪水，还不时地偷窥着我。看到它可怜巴巴的样子，我心里感到一阵酸楚。

从那以后，欢欢就固定在家里，不能再跟我外出了，它的眼睛里虽然充满一种很难说清的东西，却仍机警地守护着家。有时候，欢欢郁闷了，就在窝前不住地用爪子挖土，挖出一个又一个深坑来，头仰望天空悲哀地号叫，声音极其悲惨。我听到后，心里很不好受，就偷偷取了拴绳引它出去转转，然后再拴住它。

后来，我有了孩子，对欢欢的关心越来越少了，可它从来都不计较，对我一如既往，我出进时它都亲热地向我打招呼，亲近不到我急得用爪子刨土，有时我偷偷扔给它一块馍馍，它就像个懂事的孩子，朝我摇头摆尾，像是表示感谢。

有一天，我放开了欢欢，本想让它转转就拴住的，凑巧的是孩子哭了，我照顾了孩子忘记了拴它。欢欢老毛病又犯了，去邻居家偷吃兔子，被邻居发现，把它堵住活活地打死了。我听到消息跑到欢欢身边时，它已遍体鳞伤，眼睛里、鼻子里、嘴里、屁股里全流出红红的血，惨不忍睹……我觉得是我害死了欢欢，如果我及时拴住它，它就不会死，一种深深的自责与懊悔笼罩了我。我气急了扑向邻居撕住她的衣襟，问她为什么这么心狠手辣？不就是一只兔子么，我赔偿还不行吗？至于把欢欢打死吗？邻居没有悔心，脸红脖子粗地甩开我的手倒恶骂起我来。婆婆知道邻居不讲理，怕我吃亏就拽我回家……

如今，每当我看见狗，有关欢欢的过往就像放电影一样浮现在我的眼前，挥之不去。

黑头羊

每每看见羊时，我不由得想起一件事。顿时，记忆之门被打开。

几年前，丈夫和俩孩子在县城住，我带一岁的小女儿在老家住。有一天早上，羊在圈里叫个不停，头打得圈门哐哐地响，吵得人心慌意乱。我打开圈门，将它们赶到家门前吃干树叶，我在院子里忙乎家务活，一边干活一边看着它们。

人在忙的时候，时间过得非常快，一会儿就到了给孩子做饭的时间，也是丈夫从工地散工的时间。

想到丈夫和孩子即将回来吃饭，我心里不由地紧张起来，慌慌张张地跑出大门外，将羊儿们往圈里赶，可是那群羊好像故意跟我作对似的。我朝左赶时，它们偏偏朝右，我朝右赶时，它们偏偏朝左，就是不进大门。心里急得火上来了，气得眼泪都流了出来，可拿它们毫无办法。我猛然想起昨天给羊炒的料，于是就匆匆忙忙跑进厨房，搅了一盆子料端到大门外，嘴里不停地呼唤着羊："咩——咩——咩——"羊儿们看见料，就朝我这边跑了过来，那只黑头羊馋得已忍不住了，从羊群中挤出来，急切地把嘴伸进盆子里吞吃起来，我急忙用手推开它的头，端起盆子往羊圈里跑，羊儿们随后疯疯张张地跟我跑进了圈内。我本想把羊哄进圈里端出盆子的，当时，不知是由于没费力把羊哄进圈的高兴劲冲昏了头脑，还是到县城给他

134

们父子做饭的时间紧了，反正我把盆子里的料忘了端出来，就迅速关上羊圈门，带上小女儿急急忙忙地朝县城赶去。

到县城的住处，我已是满头大汗，看到孩子们跟散工的丈夫早已回来，我的心跳加速，慌忙地拿起手巾擦了一把脸上的汗，赶紧洗手给他们做饭。

饭做好，等他们吃完，当我冲洗碗筷的时候，突然记起羊料还在圈里没端出来，不由得叫了一声，心也突突地跳个不停，一种不祥之感涌上心头。于是，我迅速将灶台边上冲洗过的碗筷塞进柜子里，带着小女儿心急如焚地往老家赶去。到家时我累得嗓子直冒烟，急忙打开羊圈门，只见盆子里的料空荡荡的，黑头羊卧倒在地，肚子圆得就像吹胀的大皮球！我明白是它一个独占了盆里的料。一对小羊羔瞅着它咩咩地叫个不停，它似乎已没力气招呼孩子，只把眼睛瞪得大大的，泪水在眼眶眶里打转转。过了一阵，黑头羊费力地从嘴里挤出一声"咩。"看到它的惨状，我的身体不由得颤抖了一下。本想给丈夫打个电话，一则没电话，二则怕耽搁他的工，还有怕他抱怨我，最终打消了这个念头。

于是，我就慌忙地跑到邻居家，向邻居求救。邻居告诉我：把荞麦梗烧成灰，搅拌到可乐里灌羊，可以解胀。可我一个人没办法把药灌到羊嘴里，只好叫来邻居帮忙。我跟邻居把黑头羊慢慢地扶起来，之后邻居又开双腿骑在它的前背上，用双手掰开它的嘴巴，我将可乐瓶口趁机塞入黑头羊的嘴里，提起瓶底灌了下去。黑头羊扭捏着身子，甩着脑袋，挣扎着跟我们作对，好像决心不喝。邻居用腿夹紧了黑头羊的身子，两手牢牢地揪着它的耳朵，我见它挣扎的样子，把瓶底抬得更高了，好让可乐流的更快。由于灌得猛，它来不及咽，可乐从它嘴角流淌在了地上，溅在我们的身上。

灌完了可乐荞麦灰水，我心里稍微平稳了一些。但又不敢睡，打着电灯不时去圈里看看黑头羊，它已失去往日的精气神，显得异常木讷，一对小羊羔依偎在它的身边。

两只小羊羔看见亮光，慌乱地站了起来，扑到黑头羊的跟前，用小嘴巴舔舐着黑头羊的嘴巴。黑头羊吃力地亲亲它们，之后不断地喘着粗气。听到黑头羊吃力的呻吟，心不由得揪紧了，我祈祷黑头羊平安无事。然而心里不由得感到难过，要是黑头羊有个三长两短，那两个羊羔咋办呢？

第二天是星期六，俩孩子从县城回来了，我让他俩看着羊，并给儿子安顿道："万一羊不行了，别等我，叫上念经人救生（宰的意思）。"安顿好这些，我立马骑自行车去县城给羊买药。

回来的路上，突然阴云密布，天色灰蒙蒙的一片，继而狂风肆虐，一股冷风卷着纸片、塑料袋等夹杂着树叶在半空中乱舞。风迎面刮来，灰尘钻进了我的眼里，眼泪直流，视线模糊，看不清楚前面的道路，于是，我停下自行车，卷起了右胳膊上的袖子，用小胳膊沾了沾眼睛，骑着自行车朝回赶。

当我气喘吁吁地赶到大门口时，大女儿跑出来了，她阴着脸说："黑头羊没了，我哥叫来了念经人宰了，正剥着呢！"

听了女儿的话，我的头皮一紧，惊愕得说不出话来。我丢下车子，疯了似的跑进院内，只见儿子抓着羊踢子，邻居正在剥羊皮，两只小羊羔在圈里咩咩地惨叫着。邻居看见我，停下刀子，不好意思地对我说："你们大人不在，我不敢宰，你儿子硬是不成，说你走时安顿好了，要是你怪罪下来有他挡，我来时羊已不行了，差点跟不上刀了。"

事已至此，无力挽回了，我只能感谢邻居。

夜晚，黑头羊的两个孩子叫得更厉害了，整个院子里回荡着它俩惨痛的声音。这惨叫声使我感觉到内心被蛇咬了一般的疼痛，此时，我觉得自己是个大罪人，是我害得黑头羊跟它的孩子分离，要是我把那盆料端出来，就不会是现在的惨状。想着想着，我控制不住自己，失声哭了起来。女儿跟儿子一边用手给我擦眼泪，一边劝我不要哭，说别人听见了会笑话的。他俩一劝，我哭得反倒更厉害了，孩子们看见我伤心的样子，个个显得蔫头耷脑，提不起精神，只是把小嘴抿得更紧了，眼睛不时地窥探着我。我哭累了，觉得心里舒坦了一些，就去给黑头羊的孩子烧莜面汤。

第二天，我愁眉苦脸地等着丈夫回来数落，没想到他回来之后不但没有骂我，还开导我说："家有千万，长毛的不算，正好我和娃娃都馋了，煮了吃吧。"听完丈夫的话后，我长长地舒了一口气，但让我把那黑头羊剁碎，我做不到。

"你知道我身体不好，不能吃羊肉，我看把羊拉到肉店卖了，换只鸡咱们吃吧。"我给丈夫说。

也不知怎地，丈夫那次顺了我的意。

自从那只黑头羊遭了（在世界上不存在了）之后，我对羊加倍地操心，尤其是对黑头羊丢下的两只羊羔，更多了一份操心。在我精心地照顾下，黑头羊丢下的两只羊羔一天天地长大了，比其他羊羔圆实、俊美。有次被羊贩子看见，出高价要买，被我拒绝了。我把黑头羊丢下的两个羊羔举意了七贴（心意，心愿），一个给我婆婆念素了，另一个给我的老妈念素了。看着它俩都走到了"好处"，内心渐渐释然。

茭　白

　　去年秋天，承蒙铁凝主席的厚爱，我有幸参加了"全国知名作家看安徽"采风团活动。从接到邀请的那一刻开始，我的心情就再没有平静过，恨不得早日飞到安徽。

　　日思夜想的安徽之行终于到了，铁凝主席带领大家深入农村开展调研工作。那几天，天气比我们老家热了好几倍。可丝毫没有影响我的心情，反倒阳光灿烂，嘴也合不拢地跟随在铁主席的身后，感觉自己像一朵盛开的野桃花。

　　在安庆市岳西县石关村小垅中心村，人们早已等候在村口，等着铁主席的到来。铁主席一下车，所有的目光"刷"地一下投向她。接着，大家与铁主席握手问好，一阵阵掌声如鞭炮似的啪啪地响起来。

　　随后，我们跟着铁主席走进一家合作社。有几个女人半蹲在地上，围着一堆像玉米的植物，双手不停地剥着皮。看见有人进来，向我们投来了欢迎的目光，而后又忙乎起来了。另一旁的几个女人一手拿着一把小刀，一手握着一截跟玉米杆一样的东西，一层一层从外向内剥，就像我小时剥玉米棒那样，剥到最内层时，她从上向下划了两刀，又白又嫩的瓤露出来，肉肉的暴露在大家眼前。

　　合作社的领导向我们介绍说："这东西名叫茭白，是一种蔬菜。"我弯下腰仔细看了一下，它与玉米还是有区别的，玉米的叶片扁平宽大，是一种粮食。而茭白的杆直立，形状是椭圆形的，叶片扁平，叶内长披针形，果成圆柱形，是一种蔬菜。

为了详细了解当地扶贫攻坚状况，我们一行又随着村党支部汪书记来到他们村子。铁主席边走边咨询当地扶贫攻坚的相关情况。我认真听着他们的对话，看着眼前美丽的村庄，不知不觉到了汪书记所住的村子。这是一座依山而建的村庄，处处如画，步步是景。一座座青山紧相连，一朵朵白云绕山间，山上的树木郁郁葱葱，一排排红瓦白墙的小洋楼错落有致，绿树掩映。村庄里开起了农家乐，一块块鲜艳的招牌格外醒目。平坦整洁的乡村大道，一直延伸到每家每户，一块连一块的茭白长势旺盛，茭白根扎在水中，太阳的光折射进去，呈现出一道彩光，光芒四射。这里山清水秀，空气清新，绘成一幅美丽的山村画卷。

汪书记带我们来到了一户村民家，女户主看见我们，从门里快步走来笑脸相迎，热情地将我们带到了一间宽敞明亮的房子里，随后将糖茶、水果摆满了桌子，亲切地招呼我们吃水果、品香茶。她说，这些东西都是她自己家种的，随吃随摘，比城市卖的要新鲜得多，我们向她点头致谢。大家围着一张桌子，一边吃着，一边听汪书记讲解村子里发展的情况。

汪书记说，以前他们这个村子很贫穷，家家住的是泥土坯漏风屋，睡的是稻草铺，缺衣少食。用当地老百姓的话来说，是"松为灯，椒为盐，养猪为过年，鸡蛋换油盐"。尽管如此，但他们没被贫穷压倒，这里有着革命的优良传统，一直激励着一代又一代人。怀着对美好生活的向往，在艰苦中不断地奋斗着。有一年村里有一个年轻小伙子，他背着铺盖去浙江打工，发现哪里的茭白产量好，价格也好，就向当地种植茭白的人咨询了一下它的种植过程和销路。然后就将一些茭白种子带回来做实验，结果效益很好，他尝到了种茭白的甜头，就积极动员村里人，并给大家讲解他的经验和方法。一传十，十传百，村子里的人都开始种植茭白了，种着种着，慢慢地积累了更丰富的经验，也掌握了技术，扩大了种植规模。

2014年以来，党中央实施精准扶贫、精准脱贫政策，他们村党支部和村委会就积极引导农民发展茭白产业，仅一年时间，就改变了全村以前"种一坡、收一锅"的日子。渐渐的，村子里的人都开始大量种植茭白，由三五亩扩展到八九亩，还成立了茭白合作社。从此，大家就不再外出打工，一心一意地在家种茭白。

带皮的茭白一斤三块多钱，剥掉皮的一斤七八块钱，主要销往南京、武汉、杭州一带。真是资源变资产、资金变股金、农民变股东，"三变"改革激发了农村生产力，催生了产业规模化，成为引领群众脱贫的核心动力。村民个个脸上洋溢着幸福的微笑，夸党的政策好，引他们走上了幸福的路，黄山变成了青山，人人笑逐颜开。

我亲眼目睹了这里的美丽富饶，感触颇多：激动、陶醉、羡慕，流连。想想我的家乡，我更加羡慕这里的人能打造出这么好的山水田园，会灵活运用国家的多种优惠政策。如果这里的一切能打包的话，我想把我所喜欢的全部带回我的家乡！

"全国知名作家看安徽"采风活动，给我留下了一系列美好的回忆，而茭白则给我留下浓浓的情意，厚厚的思念，深深的喜欢。岁月静好，茭白，愈发美丽清芳，一缕缕思念浓得无法化开，一阵阵牵挂美得无法释怀。

隆冬过后

冬天

树干依然痴情

叶在哪端

树干找不见

白雪风寒

不知是四季轮回

还是谁背叛了

谁的誓言

把树干抛弃

树干饱受痛苦

静静地独处孤单

——题记

主麻的父亲尤素福和母亲阿舍，在村子里原是一对很恩爱的模范夫妻。在农村，男人是掌柜的，女人只能服从。男人只管干重活儿，零七杂八的琐碎事得女人操持。尤素福不是那种大男子主义的人，他经常帮助阿舍干家务活。阿舍和面时，尤素福就会在一旁搭手拣菜、洗菜、烧锅，和阿舍一起忙活。

生主麻的那天，阿舍肚子痛得满炕翻滚，腰弯成了弓形，声嘶力竭地叫喊着，眉头紧蹙，青筋暴露，汗水顺着脸颊滚落。她一只手抓着床单，另一只手撕扯着尤素福的衣襟。尤素福看到阿舍痛苦的神色，吓得六神无主。他俯下身子，凑近阿舍的脸，睁大眼睛专注地看着她，流露出特别温暖而怜惜的光芒。阿舍扭过头看了一眼恓惶的尤素福，声音弱弱地说："站着干嘛？快去叫妈，我可能要生了。"尤素福听了阿舍的话，不由得张大了嘴，他倚在阿舍的膝下，两手在阿舍的肚皮上轻轻地抚摸，细声慢语地说："哦！你先忍耐着，我立马去叫妈来。"阿舍斜着头咬着嘴皮子向尤素福点头。尤素福一把拉开门，脚下生风，不一会儿阿舍婆婆就进屋了。随后，尤素福按照妈妈的授意将接生婆也搀扶来了。

　　尤素福叫来了接生婆，就以为叫来了大救星，心里没了之前的紧张。他抬起胳膊，拭了拭额头上的汗珠，急匆匆地走出去，在仓库里翻出来了一卷薄膜，两手按在上面滚开，铺展，量好了尺寸，剪下来了一截，然后，拿锤子把薄膜严严实实地钉在窗子上。他听说月婆子和婴儿都怕风。

　　阿舍在屋里疼得"妈呦、妈呦"地叫唤，一声接着一声，那声音令人揪心。尤素福听到阿舍的惨叫，他的心提悬了，好像要从嗓门蹦出来似的，急得在门外转圈圈，脸上的汗如豆子在滚。他一会儿两手背在后，一会儿两手抱在胸，侧耳倾听着屋内的动静。突然，一声婴儿的啼哭，让尤素福的心落回了原位。

　　他急忙推开门扑了进去，趴在炕沿上，看见炕头上一个光溜溜的孩子，两手不停地挥着，脚在炕上乱蹬。接生婆正忙着给孩子包扎脐带眼，母亲在一旁端着一壶热水，准备给孙子洗身子。尤素福见此情景，乐得像个孩子，高兴得眼睛眯成了线，嘴扯到了耳朵旁。又转过头深情地瞅了阿舍一眼，阿舍像卸了犁的牛，显得异常疲倦，躺在被窝里双眼微微闭着。尤素福看到阿舍憔悴的样子，心里不免一阵疼惜，忙从柜里拿出来了一条新毛毯，挂在炕前面，为阿舍和孩子堵住风寒。

第二天早上，阿舍还在被窝里躺着，尤素福已早早地起来，烧着炉子，将晚上在砂锅里浸泡好的小米又淘了两遍，放在炉子上熬。他站在一边拿筷子轻轻地搅着，隔一会儿向炕上的媳妇和儿子看看，心像越烧越旺炉的火，暖暖的，旺旺的。米汤熬好了，他朝里面撒上半把黑糖，拿起筷子360度地搅，然后舀上一小勺喂到嘴里尝，觉得温度差不多了，他就轻轻地爬上炕，贴近阿舍的耳朵说："还没睡醒啊，瞌睡虫，粥都熬好了，快起来喝。"说话间他将阿舍从炕上扶起来，给她脊背后垫了一个枕头，将被角拉过来，把阿舍下半身围住，摆好炕桌，将熬好的米汤盛一碗放到桌子上，阿舍一口一口地吃着，脸上荡漾起着甜甜的笑。

中午，阿舍和孩子睡着了，孩子眼睛闭得实实的，嘴不时咧开一笑。尤素福就被儿子纯真的小模样勾扯的失魂落魄，他看到孩子做睡梦的样子，很招人喜欢，悄悄地爬上炕，定定地望着儿子，手轻轻地伸进被窝，抚摸儿子的小手，在他的脸上一口一口地亲，之后，转过身公平地在媳妇的脸上亲一口，然后遛下炕忙乎。一炷香的时间，尤素福又走近炕沿边，两手扶着炕沿，俯下身子，两脚向上一缩，匍匐前进，蹑手蹑脚地窜到儿子身边，悄悄地将手伸进褓褓里，触摸儿子腿逢里的小牛牛。阿舍在被窝里看到尤素福鬼鬼祟祟的样子，捂住嘴笑了。尤素福俯视着儿子熟睡的样子，开心地笑了。他凝视了好久，直到将儿子看个够，才满意地退下炕来。

随后，尤素福提起水壶洗干净手，开始给阿舍做鸡蛋面片。他先端来了半碗面倒在调面的盆盆里，掺好了半勺温水，捏了一撮盐撒在水里。左手掌着勺子里的水，一点一点地往面盆里滴，右手轻一下重一下地和着面。将面和好，他就左手入，右手揉。把面揉光了，就拿来盆子扣住。取来鸡蛋，在案板上一磕，撕裂开蛋壳，把鸡蛋倒在碗里，撒上各种调料，搅匀。锅热了倒进一股子胡麻油，把鸡蛋倒下去，稍微一停，拿锅铲翻过，熟一会儿，再切成小块铲出锅。水开了，左手拿上面条，右手向锅里一下一下地将面揪成小小的正方形。等面快熟了，就将菠菜、鸡蛋下到锅里。菜绿蛋黄的揪面片做好了，腾腾的热气和萦绕的香气，飘满了整个屋子。阿舍看到丈夫饭做得这么顺手，诱人的味钻进了鼻子，勾起了她的食欲，惹得馋虫直往嗓子眼爬，肚子仿佛一下子空了很多。

晚上，屋子里暖融融的。尤素福给阿舍温热了牛奶，端在她面前说："早上吃好，中午吃饱，晚上吃少。听说牛奶有助于睡眠，对健康有好处。"阿舍含着笑说："只要有你在我身边陪着，喝凉水我也是高兴的。"

人们常说，男女搭配，干活不累。这话确有几分道理。不知不觉中，主麻都会吃饭了。阿舍觉得一个人做饭时间总是过得很慢，简直就是种煎熬，而和丈夫在一起做时，时间好像是被皮鞭抽打的陀螺，总是一晃就过去了，一顿饭几分钟就做好了。她拿起抹布擦干净炕桌，尤素福舀好饭端上桌子，儿子看见像猫一样爬过去，两只小手扶住桌面，立在桌子边上，嘴不停地嗫嚅。他俩端起饭，将面条夹起来，一口一口地吹冰，放到主麻面前，主麻随手抓起来往嘴里塞。他俩不由相互看着笑了，倒像作怪的是他们自己。小日子的甜蜜在这些日常琐碎里搅拌着，温暖着阿舍，也蒸腾着这个家的希望。总之两个人不管干什么事总是商商量量，其乐融融，从来不争吵，日子过得甜蜜而滋润。

这让村里的大姑娘小媳妇们看得眼红，尤其是主麻的大妈，心里很嫉妒，她男人和尤素福是亲兄弟，可从来都不帮她干家务活儿，有时气不顺时还冲她发脾气，甚至动手打她。相比起来，阿舍简直就是掉进了蜜罐里。

农闲时，左邻右舍的媳妇们坐在一起，边做针线活边说闲话，当然，说得最多的是阿舍。

"阿舍命咋那么大，遇了这么好的男人，说话做事总是为阿舍着想，不像我家的那个自私鬼，一个人吃饱不管家，苦死累活也看不见。唉！同样是女人，可命不一样啰。"其中的一个女人悲戚地对大家说。

"可不是嘛，阿舍放个屁还怕把脚后跟打了呢。"另一个女人边说边哈哈大笑。

"我看尤素福是个绵羊头（没出息）。"也有一个这么说。

……

时间过得真快，不久在阿舍生下第二个孩子哈什穆时，家里的一切都变了，变得让人不敢相信。

那是一个冬天的夜晚，响耳子北风像怪兽一样吼叫，树枝都被摇断了，咯吱吱地响着睡倒在地。雪花像利剑一样打着旋儿从天空铺天盖地地落下来，天地间变成了白茫茫的一片，四周变得昏暗。顷刻之间，尤素福家的院子里，屋顶上堆满了皑皑白雪。人走在雪上面踏地咯吱咯吱地响，稍不注意，就会被雪滑倒在地。

就在这个夜晚，哈什穆降临了，也是个男孩，脸面长得更可爱。一双水灵灵的大眼睛，一对深深的小酒窝，非常惹人喜欢。但不幸的是没有长出小胳膊，在大胳膊上直接长出了四个残缺不全的手指头。尤素福看到这情景，一下子怔在地上，仿佛一场大雪瞬间夺走了他的魂，整个人没有一点精气神。

哈什穆的惨状，不由得使尤素福想起他同学时代的一件往事来。

145

那是在他上小学的时候，班里有位叫马虎的同学得了小儿麻痹，马虎每天上下学都由家长接送。上楼梯时，马虎像猫一样，爬着前行，下楼梯时，两手扶着台阶，向下遛。学校里的同学看马虎的眼神怪怪的。有位同学可能是年级小的缘故，对马虎的情况不了解，竟然当着马虎面说："你咋不站起来走，爬下走多吃力啊！"马虎抬起头看了那同学一眼，没有说话，目光里流露出自卑、无助、失落的神情。此后，马虎再也没有来过学校。

尤素福想，他家的哈什穆这个样子，长大后去学校，也会像他的同学马虎一样，遭同学的白眼、歧视。他一想起这些让人烦心的事，眼前一片灰暗，面对饭菜没有一点食欲，晚上一会将身子翻到左边，一会儿又转到右边，无法入眠，让他很受煎熬。早上起床没精神，只感觉有一肚子的闷气在蹿，看什么都不顺脸，做什么都没心情，眼神中多了股凝重。

以后的日子里，尤素福的脾气变得越来越暴躁，家里的活儿也没心事干，对阿舍也越来越冷漠，整个人变得冷冰冰的。阿舍看到尤素福一天魂不守舍的样子，她的心情很沉重，感觉像自己做了一件错事似的，在尤素福面前，她连一句多余的话也不敢说。有时本来感觉很渴，都不敢指使尤素福给她倒杯水，看到他不在时，自己挣扎着从炕上爬起来，慢慢地遛下炕，自己倒水喝。闲着的时候，阿舍在心里默默地想，生孩子这事一切都是上天的造化，由不得人。如果生孩子像做针线活，别人做个好看的，她一定会尽力做，一次做不好了，还可以做第二次，第三次，直到做个让尤素福满意为止。可哈什穆已这样了，是无法改变的事情，想着想着，她的眼圈不禁有些泛红。

一天早上，阿舍喝粥时，感觉没胃口，只喝了几口就撂下了。尤素福看到碗里剩下的米汤，脸一吊说："早知你吃得这么少，我就不熬了。"说完又瞪了阿舍一眼，气呼呼地将米汤端出去倒进狗食盆里。阿舍看到尤素福给自己甩脸，心里感到异常难受，她一个人的时候，常常唉声叹气，身体越来越瘦。

平常做饭时，尤素福总是走近炕沿边，俯下身，两手自然的扶在炕沿上，望着炕上坐着的阿舍，笑眉笑脸地问她想吃什么？阿舍说做面尤素福就做面，阿舍说米饭尤素福就做米饭。现在尤素福懒得张口问阿舍，到吃饭的点了，他就心急火燎地做顿饭，然后闷声把饭碗放在炕桌上，也不管阿舍吃不吃。

晚上睡觉时，尤素福也给阿舍一个脊背，时不时还长吁短叹，孩子哭时，他悄悄地在被窝里装睡。阿舍哄了大的哄小的，忙得团团转，被孩子折腾得满头大汗，尤素福却不闻不问，好像那两个孩子跟自己没半点关系。

以后的日子里，阿舍一天比一天变得憔悴，红肿的眼睛里，布满了复杂的情绪，整个人变得沉默寡言。

村子里的长舌头女人开始兴风作浪，尤其是主麻的大妈更嚣张。"我那弟媳妇，男人把她当人了一回，就不知天高地厚，能得都要尿醋了，比别人家男人都尿得高。这下可好，鼻子大得把嘴给压住了，看她的男人还会像以前一样待她吗？"主麻的大妈顿时变得张牙舞爪，四处张扬着阿舍生下半癔（残疾）娃娃这件事，眼睛流露出一丝幸灾乐祸的神情。

村子里的人说啥话的都有，因为阿舍生的孩子就是这样，由人家信口狂言，嘴不累了去说，谁还能把人家的嘴给堵住。

阿舍听到这些闲言碎语后，眼里全是湿气，视线一片模糊。尤素福听后，觉得自己的头一下子就像背篓大，他更加郁闷烦恼。

尤素福因阿舍生了残疾的孩子，从此以后对家里的事漠不关心，在县城里打工常不回家。阿舍既要照顾孩子又要去地里干活，忙得不可开交。她顾不上管孩子，每天麻麻亮做好饭菜，让大的看着小的，她背着干粮急慌慌地来到地里，弯着身子，目视着地面，勾着头一根接一根的拔着夹杂在庄稼里面的杂草，草很稠密，阿舍蹲在地上一小步一小步地向前移动着脚步，有时身子隐入田埂，只看见她的头巾在地里闪动。

主麻带着哈什穆常常在门前公路旁玩耍。

有一天，太阳从山顶慢慢地升起来，光芒从玻璃窗口射进来，照得屋里亮堂堂的。主麻趴在炕沿上，侧脸摇着还在睡懒觉的哈什穆，奶声奶气地说："我去外面晒太阳了，你去不去？"哈什穆一听哥哥要出去，努力地睁开的双眼，一骨碌从炕上爬起来，调过屁股，从炕头向下遛，主麻站在一旁两手扶着弟弟，生怕他摔倒。主麻等哈什穆站稳当了，拽着哈什穆的胳膊，掀过门帘走了出去。一高一低的两个孩子并排站在房檐下晒太阳，太阳的光刺得他们眯起了眼。就在这时，外面孩子玩耍的热闹声随着风的牵引，传进兄弟俩的耳朵。他俩从房台上慢慢地走下来，来到大门前，搬过顶门棒，拉开大门，出去和同伴一起玩。

到了中午，其他孩子被家人叫回去吃饭，主麻和哈什穆不见妈妈回来，继续在外面玩，玩着玩着，玩累了，不知不觉地竟然在公路上睡着了。此时，一辆货车飞快地奔驰而过，听见"哇"的一声惨叫，五岁的主麻一条腿被车轧伤了，当人们发现主麻被撞时，肇事车早已逃得无影无踪。

这时，阿舍还在地里埋头锄地，有人去地里叫她，阿舍才甩着被野草染绿的手慌慌张张地往回跑。

阿舍一到家，屋里已站满了人。她从人群里挤进去，看到曾经活蹦乱跳的主麻躺在炕上，痛苦地呻吟着，脸色蜡黄，衣服上布满了斑斑血迹，触摸儿子的腿时，阿舍眼前一黑，像被大风吹倒的一捆玉米秆，斜着身子倒在地上。左邻右舍急忙将阿舍抬上炕，一个女人一把拽过了一个枕头，垫在阿舍的脖子下，另一个女人趴在阿舍的耳边，轻轻地呼叫着阿舍的名字，还有一个女人匆匆遛下炕，急急忙忙地化了一碗白糖水，小心翼翼地端在阿舍面前，用勺子在碗里搅了几下，又将嘴挨到碗边吹了吹，觉得温度差不多了，将阿舍的头拦起来，慢慢地拿勺子敲开阿舍的嘴巴，一勺一勺地往阿舍嘴里灌水，阿舍的嘴巴一合，喉咙动了一下。过了一会，阿舍终于醒过来了，大家悬着的心才落回了原位。

尤素福得知后，如五雷轰顶，他真不能相信现实对他如此残酷。他精神崩溃，年轻的心过早地落上干霜。

那时候，计划生育很紧，农村户口顶多生三个孩子，尤素福想，他已经有了两个孩子，以后只有生一个孩子的机会，要是生出来的孩子又是个残疾娃娃可咋办？一想起这件事，他就浑身无力，头疼难挨。最终他选择了逃避，抛弃了这个惨淡的家，抛弃了相爱多年的妻子，还有两个儿子。

阿舍找不到尤素福，她的心被箭射穿般的撕痛，软软地瘫在院子里撕心裂肺地嚎啕大哭，她干枯的嘴唇上淤积着厚厚的血痂不停地颤动，哭着喊着又对天空大声狂笑，吓得主麻和哈什穆慢慢地蹲下身，一左一右地倚在母亲的身边，兄弟俩一会儿侧身对望，一会儿仰视着母亲的脸庞，嘴里不停地喊着："妈妈！妈妈！"脏兮兮的小手撕扯着她的衣襟擦着眼泪。

邻居们听见阿舍哭一阵笑一阵的，便接二连三地向她家涌来。

好嚼舌头的女人又挤在一起，美艳妈撇撇嘴说："人是一疙瘩肉，识不透，你看尤素福以前是个多好的男人，如今还不是冷血动物一个，天变一时刮黄风，人变一时昧良心。"

"是啊，世上的男人就没好的。"一个又说。

村子里有位上了年纪的白胡子老汉说："孽障啊，如果这两个娃娃四肢健全的话，这阿舍还有个盼头，可如今这缺胳膊少腿的让她咋拉扯哩？如果那狠心的男人死了倒还省心，阿舍还可以再找一个，可是他还活着不管这娘们，这可咋办哩？"

村子里刚结婚不久的新媳妇说道："如果我是阿舍，我肯定会一走了之，花样鞋样都是男人先剪好的，孩子只是女人身上掉的一块肉罢了，有啥舍不得的呢？"

"你站着说话腰不疼，老鼠下的猫不疼，那个十月怀胎容易吗？谁能狠心丢下？"一个老人凶巴巴训着新媳妇。

也有对阿舍说好话的："你阿姨呀，千万不要听别人胡说，这事情给谁遇上都受不了。尤素福出去转转，散散心就回来了，你好好地将孩子拉扯着，别再胡思乱想，更不要听别人的闲话。"

阿舍此时没了主意，谁说往谁的脸上看，心里乱得像被猫爪子抓乱的线团团儿，满眼泪水不停地流淌着，生活的困惑和穷苦让她感到压抑而艰难。天黑了，村子里的人七嘴八舌地议论着便陆陆续续地回各自的家了。

阿舍家的院子一下子变得空大无比，仿佛天地合在了一起。一阵狂风袭来，天空灰蒙蒙的一片，黄土漫天飞舞，那风像一头疯狂的狮子，从高处翻身下来，撕捋着院子里的梨树和樱桃树的枯枝败叶。院子里撒落的塑料袋、废纸、柴草全被卷向空中，飘了半天又落下来。此刻，阿舍的脸跟黄土不分上下，望着阴郁的院落，绝望的她凄凉而揪心地疼。眼前白茫茫的一片。两个孩子倚在她的膝下，叫嚷着肚子饿了，但她觉得一股无法排解的疾苦笼罩她的全身。她咬了咬牙，一狠劲猛地站了起来，跌跌撞撞地走进屋里，从柜子里费力地找出一包当年没用完的老鼠药，颤抖地捏在手里，对着两个孩子瞅了又瞅，她此时此刻感到生命如此渺茫和空虚，一切苦难将要结束。

阿舍一手端着一碗水，一手举起手中的鼠药，仰起头，张开嘴……

"娃儿，你这是干啥？"

原来好心的毛奶奶怕阿舍想不开，走到半路又返回来。她见状几步跑过来，扑到阿舍的身旁，一把打翻了她手中的鼠药，抱住阿舍说："娃儿，你这是何苦呢！世上有走不尽的路，人间有想不到的难。人这一辈子不知要经历多少个沟沟坎坎，阿姨活了六十多岁就过了几十几节啊，没有一竿子能插到底的。前面的路还很长，两个孩子还要你拉扯，不该寻短见，你走了谁管他们呢？一切会慢慢好起来的。"

毛奶奶还为他们端来了冒着热气的饭菜，边开导阿舍边端着热乎乎的饭菜让他们娘母趁热吃。阿舍被毛奶奶的热情感动了，眼睛又湿润了。这天晚上毛奶奶没有回自己的家，陪她母子睡了，还拉前比后地给阿舍讲了许多做人的道理。

接下来的一段时间，都是好心的毛奶奶在一直抽空照顾着阿舍娘仨。还好，在毛奶奶的照顾下，阿舍慢慢又变得坚强起来，主麻的伤也渐渐有所好转。

阿舍的父母亲过世得早，娘家只剩下兄弟一个。兄弟看到姐姐过这种苦难的日子，心如刀绞，他恨姐夫，以后如果让他碰到非要狠狠揍他一顿不可。

"姐，你把这两个娃娃撇下让我姐夫的大哥拉扯去，你趁年轻再找一个吧。"兄弟对阿舍说道。

"唉！世上的男人都一样，你姐夫那么好的男人说变就变了，我再也不嫁人了。"

"姐，你不改嫁算了，回家来我养活你。"

"你姐夫都不管这两个娃娃，他大哥会管吗？再说嫁出去的女子泼出去的水，我住你家你行，可你媳妇未必能成，我可不想给你添负担。"

阿舍没有答应，弟弟气就上来了："那就随你吧，我以后再也不管你们的破事了。"阿舍看见兄弟恼火的样子，心里特别的难受，像打翻了的五味瓶一样各种滋味在心里泛滥。她无处诉说，就将孩子抱进屋里，将大门闩上，趴在炕上美美地大哭了一场。

春种时，村子里的人都忙得不可开交，她却待在家里干着急，在院子里走过来转过去。看到别人家男人耕地女人下籽，一对一对地在地里干活，她的眼泪情不自禁地往下滚。季节不等人，阿舍发现大伯子家把庄稼种上了，就跑到大伯子家去借牲口，来到大伯子家的大门前，一只大黑狗伸着舌头，拖着铁链子向阿舍的方向扑来，汪汪地叫着，不让她进去。嫂子听见狗叫，从门里出来给她堵狗，见到阿舍来，脸色凉凉的，声音淡淡地说："来了？"阿舍看了嫂子一眼，点了点头。

阿舍进屋后，抬头看了大伯子一眼，小声说："哥，你有空吗？帮我家把那几亩地种一下好吗？"阿伯子抬了一下眼皮，嘴动了一下，还没等他把话说出口，嫂子抢在前，瞪着眼睛："那不行，我家刚种完地，牲口乏着呢，再者你家要二三十亩地哩，又不是一半亩，你大伯子还要去县上打工挣钱呢，顾不上给你们种。"大伯子在老婆脸上看一眼，在阿舍脸上看一眼，不知说什么才好，只是干咳嗽了几声。

阿舍听了嫂子的话默不作声，失望地从嫂子家退了出来，强忍着没让眼泪流出来。

阿舍本想向邻居求助，又一想亲房都不肯帮，如果邻居帮了亲房还会说闲话的，想到这里她又想去娘家求助，可又一想她惹恼了兄弟，觉得不好意思去。正在焦急万分时，兄弟和弟媳妇赶着牲口从门里进来了，她高兴得热泪溢出了眼眶，两个孩子不停地喊着："舅舅，舅舅。"

在兄弟的帮助下，她悬着的心终于落回了原位，把唯一的希望寄托在地里。每天麻麻亮，阿舍就已烙熟了馍馍，熬好了小米粥，擀好了中午吃的面皮，洗干净洋芋。将家里齐齐打扫一遍，之后，去厨房给两个儿子端来馍馍，倒好开水，让大的看着小的。她一个人埋头在地里除草、施肥。

收割时她叫上兄弟合伙干，先将她家的收割完，把大门锁上，带着两个孩子去帮兄弟家收庄稼。这样干了一年又一年，孩子也一天天地长大。

俗话说，庄稼一枝花，全靠粪当家。每当到村里人饮牛的时间，阿舍肩上总会挑一个粪篮子，在路上碰到牛羊粪时，她就会俯下身子，将肩上的粪篮子慢慢地放在地上，拿起粪铲子，勾头弯腰，一铲子一铲子的将地上的牛羊粪拾到铁锹里，然后转身倒在粪篮子里，挑回家，用黄土埋瓷实。

就这样，一个冬天过去了，阿舍压在一起的牛羊粪便堆成一座小山。一到早春，她找来撅头，双手举起撅头重重地敲打着冻得僵硬的粪堆，粪堆被撅头凿开了一条条裂缝，一块一块的粪块从顶端滑落下来，阿舍举起刨子将大块的粪疙瘩打碎。将这些牛粪一担一担的挑到地里，隔一段距离倒一堆，最后用黄土将粪堆埋好，用铁锹背将粪堆拍得光溜溜的才算完。

待到播种时，阿舍提前将地里先埋好的粪堆一铁锹一铁锹均匀地扬在地里，等兄弟来时她已做好了这些活计。因阿舍的勤劳，她家的粮食总会比别人家的要长得茂盛一些。

夏天来临，阿舍忙得不可开交。一会儿到田地里除杂草；一会儿去洋芋地里撒尿素壅洋芋；还要回家给两个孩子做饭。阿舍时常感觉全身汗津津的，额头的汗水总会大颗大颗的往下滴，滴在胸前，落在地上。

一场雨过后，冲洗净了房上铺着的瓦片、院落、树枝、空气中的尘土。阿舍蹲在地畔看着茂盛的庄稼，抚摸着着它们的身体，心里才会滋生出一份安然和欣慰。

秋天的时候，所有的庄稼都要收回家，阿舍忙得一个人当两个人使唤。每天天不亮她顾不上吃一嘴馍馍，喝一口水，和兄弟两口子紧紧张张去地里割粮食。各种粮食割完，兄弟就套上一对牛，一手掌着车沿，一手拿皮鞭甩打着地面，吓唬牛朝前拉车，牛听见皮鞭响，身子不由地一抖，加快了步伐。阿舍和弟媳妇在车绑上推搡着车子，脸上荡漾着一波一波的笑容。粮食拉回来，兄弟帮阿舍将粮食摞成小山的样子。

待把地犁结束后，阿舍就开始碾场。天麻麻亮，阿舍已经抱着扫帚来到场里，弯着腰，低着头，扫干净场里的尘土，便开始忙着摊场。她俯着身子，将束在一起的粮食捆拉到场中央，一个一个地拆开，一排一排地铺在地面上，把场里铺得满满的。兄弟便套上一对牛，阿舍和弟媳妇拽来一台碌轴（石制的圆柱形农具用来轧谷物），用麻绳挽在牛屁股后面，沿着场中一遍一遍地转圆圈。等到果实全部脱离的时候，兄弟卸了牛将满场的粮食用一推把一推把地推在一起，阿舍和弟媳妇手里握着把扫帚，弯着腰一下一下地扫着。

那时日子极为拮据，风扇还没有普及，扬场时都靠的是风力。兄弟总能很好地掌控风力，阿舍和弟媳妇站在一旁掠场（将粮食里面的柴草捡出来），所以每次总会很好地完成这道程序。

常年的劳累，阿舍的身体渐渐垮了下来。她干不动农活了，就让兄弟帮她买来了一台补鞋的机子，找来了娃娃和她的旧鞋子，拿在机子旁一遍一遍地练习。她坐在机子旁，低着头，一手拿着鞋子，另一手操作着机子，白天练，晚上也练，熟练了一段时间后，她开始给左邻右舍补鞋。慢慢地技术越来越有长进，她就丢下乡下的老院子，在县城的西市场里租了个摊位，领着两个孩子进城以补鞋为生。

早晨的时候，她给两个孩子穿整齐衣服，书包里装上馍馍，推出自行车捎着他们去学校。从学校里返回来，她又推着补鞋的家当去西市场摆摊位。中午扔下摊子让邻居看着，她去学校接两个儿子。下午将孩子送回学校，又返回补鞋的地方。日子就这样一天天的重复着，孩子们在一天天的长大。

寒冷的冬天，冻得阿舍脸色青紫，她在铁皮包成的一个拳头大的炉子里生火，将冻得僵硬的手指烤烤，一针一线，一钉一扣地缝补着各种鞋。酷暑的时候，她在头顶搭了个小帐篷，遮住毒辣的太阳。

后来，在好心人的帮助下，在有关领导的照顾下，给阿舍办了一个农村低保，给两个孩子办了残疾证。一家人得到了关爱与鼓励，对未来的生活抱有很大的希望。主麻在政府的关照下，学了一门维修电脑的手艺，开了一家维修店。哈什穆打小有音乐的天赋，歌唱得不赖，他还喜欢书法，闲着的时候，让母亲帮他铺好纸，将毛笔蘸上墨水，夹在他的右脚的大拇指和拇指中间，通常只练习写四个字：自强自立。渐渐地，他的毛笔字写得越来越好。

有一天，哈什穆对主麻说："哥，我想到街上去唱歌，你帮我买台音响和话筒吧。"主麻知道哈什穆心里苦闷，就没推辞，笑着向他点头。

哈什穆做了很久的梦终于实现了，他的脸上洋溢着幸福的微笑。他第一次上街唱歌，母亲和哥哥都陪着他。来到商业广场时，主麻忙着接电源，母亲站在哈什穆的身边，斜着头凝视着哈什穆，说："我相信我儿子的能力。"哈什穆侧脸看了一眼母亲，笑着点头。来来去去的过路人，看着一家三口，回眸张望，有些闲转的人便停下脚步，目视着哈什穆的残疾手主麻的一颠一晃的跛腿。

电源接好了，音乐响起来了，主麻将话筒插在哈什穆的胳肢窝里。哈什穆随着音乐的节奏，放开歌喉，大胆地唱了起来，只见他的喉咙一上一下，胸前一起一伏。周围的人听到悦耳的歌声，速速向这边赶来。哈什穆看见自己身边的观众越来越多，他更加自信，随着音乐的高低起伏，他的身子也在扭动。他唱出的歌有时动人，像潺潺流水般浅吟低唱，独具风韵；有时凄美，若露滴竹叶般玲玲作响，耐人寻味。有时浑厚得如雄鹰展翅时的一声长鸣，振聋发聩；有时婉转得似深情交融时的一行热泪，扣人心灵。雷鸣般的掌声不停的响起，观众们陶醉在他的歌声中。

哈什穆紧接着又表演他的下一个节目，脚写毛笔字。他身边围着的人摩肩接踵，脚下的小纸箱子被热心肠的人扔满了钱。他的歌声听得人入迷，有一位女孩被哈什穆的歌声所感动，听得如痴如醉，每天跑来听哈什穆唱歌，还让哈什穆教她唱。

几年以后，主麻和哈什穆挣来了一笔钱，在老家盖了一栋二层楼房，成了村里人学习的楷模。

桃花开了，春天来了，漫山遍野盛开的桃花招引来了许许多多的蜜蜂和蝴蝶，它们在花的海洋中追逐嬉戏。就在这个美好的季节来临之时，主麻跟哈什穆同一天结婚了，阿舍高兴得合不拢嘴，脸上绽放着从未有过的笑容，就连被岁月刻下痕迹的皱纹里都洋溢着笑容。

一年以后，主麻和哈什穆都有了孩子。小宝宝都会喊奶奶了，阿舍抱着小孙子亲了又亲，晶莹的泪珠滚落下来，两眼昏花的望着一直通往县城的公路……

难言之隐

"我说不要给买手机，你犟着不行，这看，手机把娃娃害了。"男人抱怨着女人。

"强子说查资料呢！我哪晓得。"女人说。

"你碎大那是借口，你当真格，都是你给惯的毛病。"男人的眼睛恶狠狠地瞪着女人，一副怒气冲冲的样子。

"已经这样了，你骂我着能咋？"

两人你一句，我一句地吵个没完没了……

近年来，农村人的生活水平提高了，对孩子们的教育也就越来越重视了，古已有之的"望子成龙，望女成凤"的心理便愈加强烈。

强子本来在学校宿舍住，升入高二的时候，父母担心宿舍里学生多，怕他跟同学玩，影响了学习。因此，为了使强子有个良好的学习环境，父母经过商量，在学校外面给强子租房子住。还给他买了部智能手机，一来跟家里方便联系，二来也有利于在网上查学习资料。

强子跟大伙一起住习惯了，突然间分开，觉得很不习惯。晚上下自习后，强子来到自己的房子里，老觉得空荡荡的，看着床头摆满的书本，觉得更烦闷。于是，他就拿起手机跟几个要好的同学聊天。

上网这玩意儿就像吸毒，一旦沾上就有瘾了，而且会越来越大，越来越浓。起初，强子只跟几个要好的男同学聊天。后来，聊着聊着，就跟班里的一位女同学聊上了。聊着聊着，彼此有了好感，他就开始带女同学一起吃饭，一起散步，渐渐地，两人形影不离了。

因此强子向父母要钱也要得更勤了。父母以为强子要钱是买学习资料，只要他开口要钱，父母就会毫不犹豫地往他卡上打钱。父亲说："现在的社会，竞争性强，孩子们之间攀比心也强，宁可我们穿旧吃淡，也不能让强子受委屈，更不能让城里娃娃看不起他。"

有一天，强子约相好的女孩去山上看风景。山风清爽舒心，空气里飘浮着花儿的芬芳、泥土的清香，强子抬起头，向天空仰望，天空中有几对不知名的鸟儿在互相追逐嬉戏。太阳在山峰间跳跃着，霞光映得山林格外秀丽清幽。他俩深深地呼吸着新鲜空气，感到心旷神怡。

情欲的勃发是强烈而情不自禁的，在这鸟语花香幽静宁谧的环境中，看着眼前的景象，他们各自的心里萌发了对异性抚爱的渴求。强子掏出手机，打开音乐，一两声甜甜的歌声轻轻滑过耳膜，缓缓流遍全身。他拉着女孩的手，来到一处平坦的草地上坐下，倾听着美妙的音乐。强子趁着女孩不注意，偷偷地仔细打量女孩。这时女孩突然抬起头，跟强子的目光碰在了一起，强子赶快把目光收回来。女孩看见强子在含情脉脉地望着她，她的身体的某个地方像火在烧，强子像磁石一样吸引着她，女孩轻微眯着双眼，沉浸在情欲的痴迷中……

从此之后，强子跟女孩在这种相吸的情感牵绊中，仍然悄悄秘秘地来往着。有了女孩的陪伴，强子渐渐地连家都不想回了，向家里打电话要钱的次数却越来越多。

俗话说得好："老人的心在儿女上，儿女的心在石头上。"强子不想父母，可父母想他，尤其是母亲不停地念叨："强子都两三个礼拜没回家了，把人想死了，没钱了就电话连连，钱一旦打过去，连一个电话也不打给我……"

男人听着女人的唠叨，也勾起了他对强子的想念，也有了担心，便有了想去看看的念头。男人对女人说："你烙几个油馍馍，抓只鸡宰了，我明天去县城看看强子，娃娃上了高中，功课多，学习压力大，城里的馍馍是机子做的，不好吃。"女人听完男人的话，觉得有道理，立马放下手中的家务活，急急忙忙地跑去给儿子收拾好吃的。

中午，强子实在是太想女孩，就把她约在租的房子。俩人一见面就滚在了一起，压得床咯吱咯吱地响，震得窗户框里的玻璃片都在颤抖。正在这时，敲门声响了，强子慌慌张张穿好衣服，匆匆忙忙地去开门。

强子拉开门一看，父亲满脸汗水地站在门外，强子张大嘴巴，惊愕地说不出话来。

父亲伸起脖子，歪着脑袋向房子里一探，女孩低着头，不时地用手往整齐里拉着衣服、理着头发。父亲手里的馍馍和鸡肉，顿时像泄了气的气球掉在了地上……

充溢在文学里的温暖和光亮

——中国作协开展庆祝改革开放40周年主题采访活动侧记

1

那是一个难以忘怀的日子。打工回家，已经是晚上八点多了。我掏出手机，一条信息在闪烁，是下午五点多钟发来的：小花好！我是中国作家协会彭学明，上次和铁凝主席一起来看你的，还记得吗？有事相商，方便时回电话。哎呀！我几乎惊出了声。激动，激动，还是激动。我把手机压在胸前，不住地问自己：这是真的吗？过了一会儿，慢慢地从兴奋中缓过神，调整一下呼吸，捋捋思绪，怀着忐忑不安的心情拨通了彭学明主任的电话。

"小花好，中国作协开展庆祝改革开放四十周年主题采访活动，铁凝主席带队，邀你参加，9月3日上午至安徽合肥报到。你查一下，选好到合肥的航班和机票后告诉我，再将身份证号发给我，中国作协负责为你订票并安排接机。"电话那头，传来了彭主任亲切的声音。

我只是忙不迭地答应。通话结束后，我掐了一下自己的手背，确认这不是梦。对于一个大门不出二门不迈，每天追着太阳奔波生计的农村妇女来说，这简直是天方夜谭，是一个遥不可及的美丽传说。我心中五味杂陈，眼泪夺眶而出，自言自语道：我是这个世界上最不幸的人，同时又是这个世界上最最幸福的人！

我激动得几乎整夜不能入睡……

2

在中国作协的精心安排下，我于9月2日怀着无比激动的心情，踏上远方的旅程。从西吉坐班车到固原机场再到西安转机，晚上十二点顺利到达合肥机场。

出舱门时，远远看见一位身着一袭花裙子的女士，在护栏外踮着脚尖，双手高举一个写着我名字的牌子。女士的目光在人群中不断搜寻，我当时已经完全猜出来了，这位女士肯定是《清明》杂志的编辑苗秀侠老师，因为张泉老师在微信中提到她。我笑着向她招手，她看到我时，笑容灿烂如花，并向我打着手势。之后，苗老师急忙转身从栏杆外向出口处小跑过来。看到热情的苗老师，我之前的忐忑与担心顿时烟消云散。随她来的还有一位高大帅气的小伙子，是《清明》的杨健，专门开车来接我。"大半夜给你们添麻烦了，真不好意思！"我一边跟他俩握手，一边歉意地说。杨健热情地接过我手中的皮箱，很快放进后备厢。

这一夜，我照例没有睡好。

3

第二天清晨，苗秀侠老师早早给我送来热腾腾的早餐。她看着我亲切地说："小花，我已经吃过了，你快趁热吃，吃完了我带你出去走走。"

我高兴得向老师连连点头。

来安徽之前，我通过手机百度简略了解过它的历史，知道它不但风景优美，且人杰地灵，历史上的李鸿章和包拯皆出此地。

我笑着对苗老师说："这里可真是不一样啊。"

苗老师说："是的，小花。这里的一切都很有名，就连你住的这个宾馆也是有名的，它叫稻香楼宾馆，1959年建造，后来又扩建过。你运气真好。中国作协这么关照你，吃住行程早就安排好了。在铁凝主席到来之前，我是你的陪同人员。"

我感激地看了一眼苗老师，又抬头看稻香楼宾馆。宾馆一共四层，造型奇特，宏伟壮观，尤其是窗户，异常的大，这恐怕是我此生中见过的最大的窗子了。窗外的景色美丽如画，空气清新，让人心旷神怡。我高兴得张开双臂在宾馆旋转门前转了两圈。苗老师看我陶醉的样子，笑着给我拍了几张照片。

在去合肥环城公园的路上，我跟在苗老师旁边，像个麻雀一样叽叽喳喳地问个不停。苗老师不厌其烦地边走边给我讲解："环城公园之前的名字叫雨花塘，从前在安徽合肥出生的人时常来这里游泳。当年水里有很多蓝藻污染水面，后来整治环境清理了，并且定期换水，现在水深五米，禁止游泳。因为它绕着合肥围了一圈，因此叫环城公园。坐在飞机上俯瞰合肥，你会看到一片绿色的草地将合肥包裹，好像给合肥戴了一顶翡翠帽。"

苗老师讲得很生动，我听得入神。我们边走边聊，不一会儿到了河边，空气温热湿润，青山绿水，景色如画。旁边地势蜿蜒曲折，高低起伏，水面周围布满了一大片漂亮的房子，房子的门窗都面朝水面。水的颜色如同一块碧玉，在微风的吹拂下，水波闪烁荡漾，迎面扑来阵阵清凉。河床上面是石头垒成的台阶，各种不知名的花开得鲜艳茂密，花丛散发出馥郁的香气。对面河沿有三三两两的钓者，大小造型不同的凉亭，在阳光的照耀下，熠熠生辉。我陶醉了，入迷了，仿佛置身仙境，像个小孩子一样兴奋不已。苗老师看我疯疯癫癫的样子，怕我摔倒，柔声细语地说："小花，慢点，小心脚下的台阶。"听到苗老师的提醒，我才缓过神来，将仰着的头微微低了一下。

合肥是一座不平凡的江淮城市，它的魅力，让我对这座古徽州的省会中心城市心生眷恋。

苗老师还带我去了包公祠。祠内郁郁葱葱的绿植映衬着河面的仿古拱桥，路旁有各种奇花异草、假山怪石、水榭回廊、楼台亭阁。包公祠（全名包公孝肃祠）位于合肥市环城南路东段的一个土墩上，是包河公园的主体古建筑群，占地一公顷，由大殿、二殿、东西配殿、半壁廊、碑亭组成，风格古朴，庄严肃穆。祠内陈设包公铜像，龙、虎、狗铜铡，包公断案蜡像，包公正史演义等文物史料。包公祠有正殿、回澜轩、清心亭、直道坊、东轩等建筑，祠两侧外廊门拱上刻有"廉顽""立懦"四个醒目大字，"包孝肃公祠"大直匾下黑漆大门两边，书有红底金字的对联"忠贤将相，道德传家"。门楼并不显赫，青砖黑瓦、飞檐翘角，平淡而朴实。"孝肃"是宋仁宗赐给包公的谥号，是对他生前美德的嘉奖。他是一个孝子，父母身体欠安，他端水送药，极尽孝道，一度弃官不做。祠内墓园迁安了他本人及其夫人、子孙的遗骨。整个墓园庄重肃穆，寓包拯禀性峭直、刚毅之意。包公祠门外，长着一排排茂盛的竹子。这是我人生中第一次见到竹子。我兴奋不已，跑过去拥抱着一棵棵竹子，抚摸着它们的身躯。那苍翠欲滴的竹叶间仿佛跳动着无数个小生命，宛若初春潺潺的溪水，纯净了我的思想与灵魂。很早以前，有很多伟人在这里居住过，留下了优良的文化传统和优秀的品质，激励着一代又一代的安徽人，也非常震撼地激励着我这个迟到的外乡人。

在苗老师的陪同和介绍下，我对这里的人文地理有了初步了解，也由衷地产生了敬仰之情。

由于过度的激动和兴奋，我不知什么时候丢了水杯。苗老师知道后，给我送了一个小巧玲珑的水杯，每当我端起水杯时，苗老师的身影就会浮现在眼前。

4

终于到了激动人心的一刻，在偌大的会议室门口，铁凝主席的身影终于出现了，会议室掌声雷动。铁主席微笑着与每一位参会的人员握手问好。这是我第三次与铁主席相见，第一次是在西吉县文联的会议室，第二次是在我家。看到铁主席温暖的眼神，我激动得不能自已，差点跳了起来。转到我身边时，铁主席一时没认出我来，我笑着介绍自己。铁主席听后，在我肩上轻轻拍了一下，和蔼地说："小花，你比以前精神了，我都没认出来，孩子们还好吗？你来了，谁来照顾他们？"我一一作答。铁主席将我拥入怀中，那一刻，我感觉她分明是一位慈祥的母亲，毫无掩饰地流露她的母爱。我好想让这个瞬间永远定格，久久地不想松开——会场上那么多人，我是唯一被铁主席拥抱的人，所有人的目光一齐投向我和铁主席。兴奋与激动如同决了堤的洪水，哗啦啦地从我的心里倾泻出来，感觉身上的每一根汗毛都在欢畅地流动。我百感交集。

会后，铁主席与我小座了一会儿。我将创作中遇到的困惑汇报给铁主席。铁主席安慰我："写作是漫长的历程，千万不能急，不像我们做家务，一天可以赶着做完两三天的活，要有耐心来写作。还得慢慢地积淀，多看书，多思考，勤练笔，一定会越来越好。"她还顺便问起西吉文联的领导与基层的几位作者，说两三年没见他们了，不知他们过得怎么样？铁主席让我回去替她向他们问好。看到铁主席百忙中还惦记着我们这些基层作者，那种没有距离的心灵沟通，让我感动又心疼。她的每一个眼神，每一句话，都深深刻在我的脑海里，烙在我的心里，将时刻鼓舞我度过每一天，每一月，每一年。

5

采风活动中，彭学明主任同样没有一点架子，他带着大家一起外出采访，吃饭时总关照大家，让大家一定要吃好，吃饱，有个好身体，干工作才带劲。每句话都让我觉得温暖。彭主任性格豪爽，采访之余还给大家唱家乡的民歌，大家听得如痴如醉。他弹琴作画，能歌善舞，是一位多才多艺的作家，令大家非常佩服。他还公平的给我们每人送了一本他的著作《娘》和两盒香茶，让大家顿生温暖。

7

安徽省凤阳县的小岗村是一块神奇的土地，1978年，小岗村的18户按下红手印，以"托孤"的形式立下生死状，签订大包干契约将土地承包到户。小岗人从此摆脱了饥饿和困苦。小岗村的改革实践证明，大改革大发展，小改革小发展，不改革难发展。我从小到大，一直住在农村。因此，对农村有着深厚的感情。走进小岗村，仿佛走进了我的家乡，倍感亲切。

看到画像中的群众平和、务实、昂扬向上的精神，心里如平静的湖面投进了石子，激起了层层涟漪。从他们身上，我看到了自己曾经的影子，也不由地想起我的父老乡亲在黄土高原劳作的情景。

虽然我不是小岗村村民，但是从内心感激那些一心为人民，一心为党的好干部、好领导。

2004年，安徽省财政厅沈浩同志到小岗村出任第一书记，在小岗六年时间里一心一意为小岗谋发展、为村民谋利益，使小岗村发生了重大变化。沈浩同志因积劳成疾，于2009年11月6日病逝在自己的工作岗位上。沈浩精神同大包干精神一样成为小岗村不断发展的源泉和动力。

2016年4月25日，习总书记到小岗村考察并主持召开农村改革座谈会。总书记高度评价小岗村："当年贴着身价性命干的事，变成中国改革的一声惊雷，成为中国改革的标志。四十年来，小岗村民始终发扬'改革创新，敢为人先'的小岗精神，勇于探索，用勤劳的双手建设美好家园。"现在，小岗村的老百姓已脱贫，这里的村容村貌发生天翻地覆的变化。

采访了小岗村后，铁凝主席在会上发言说，没有改革开放就没有中国农民的今天，没有改革开放就没有中国的今天，没有改革开放同样就没有中国文学的今天，也就没有中国作家的今天。不久前，习近平总书记在全国宣传思想工作会议上对宣传战线提出增强四个"力"的要求，即脚力、眼力、脑力、笔力，这样的要求同样适用于作家。一个作家要对创作保持机警之心，对生活常怀饥饿之感，不断增强这个"力"来磨砺自己身处新时代的生活和创作实践。

8

我们每次吃饭或外出时，张泉老师就提前在群里发信息提醒，每次出门都是他照顾大家。

每坐车时，张老师满怀抱着矿泉水，一瓶一瓶地送到每个人的手里。天气冷时，他在群里及时提醒我们要添加衣服，天气阴时，提醒我们出门时带上伞。每到住宿的地方，他就提前将我们的身份证一一收去，给我们办理住宿，办好又一一发给我们。每次离开住的地方时，我们拉着行李提前上车了，张老师在后面忙着给我们办理退房手续，每次他都是最后一个上车，车启动时，张老师就朝每个座位上齐齐检查一遍，看到大家到齐了，他才放心的回到自己的座位上。

记得我们在蚌埠南坐高铁去杭州东，下高铁时，我裹挟在人流中，被挤下了高铁。看到人潮涌动，环顾周围，没有发现我的同伴，心不由得慌起来，我以为大家前面走了，就风一般的速度，拉着皮箱拼命地向前追，跑得我大口喘气，跑了好长一段路程，也未看到大家的身影，我的心跳加快了，手足无措，脑里一片混沌，感觉自己是掉队的燕子……正当我焦急万分时，身后传来了张老师的声音，"单老师，别跑那么快！大家还在后面呢。"我转身一看，张老师向我微笑，招手。我如释重负，如同迷途的羔羊找回了家，悬着的心终于落回原位。

9

我随同各位领导和老师走过安徽、浙江和湖南，看到了那些地方农村的巨大变化，也感受到了人民争取幸福生活的努力。我很荣幸中国作协给我这样一次机会，让我饱览江南水乡之美，亲眼目睹了大城市的繁华，被那里群众敢于创造、敢于奋斗、积极性、主动性的干劲所感染。被他们勇于担当、信念坚定、开拓创新、无私奉献的精神所熏陶。一路上遇到的人都热情好客，我很喜欢这种热情，每每看到他们的笑容，我的心里总有一股暖流在涌动。

路过的地方，每一处的山郁郁葱葱、碧绿如洗，到处是浩瀚无垠的江水。

每到一地，我都会想起我的家乡，心里五味杂陈。

能够随采访团到那里采访，体验改革开放40年所经历的艰难与艰苦，这对我有很大的触动。我们这些生活在新社会的青年人，不能坐享其成，也更不应忘却上一辈在改革开放中的努力与付出。我们应该加入到其中，为实现我们的中国梦，为我们祖国的繁荣昌盛添砖加瓦。

这次采访团活动是我平凡岁月中最闪光的一页，不仅为我单调的生活增添了不少乐趣，还让我大开眼界，收获了满满的友情。我相信，这种纯真的友情会伴随我的一生。

衷心感谢中国文联、中国作协对我的关照与厚爱，感激各位老师对我的照顾与呵护。感恩国家对作家的重视，让看到了生活里的温暖与光亮。

我爱永清湖的傍晚

永清湖公园的秋天，多么富有诗情画意啊！

人们都说白天的永清湖风景优美，空气清新，吸引了许许多多的游人。但我总觉得晚上的永清湖比白天更胜一筹。不信，你看，每当吃完晚饭时，这里便有老的，有小的，还有小狗跟着陪跑的；有男的，有女的，领上娃娃划船的；做操的，跳舞的，连蹦带跳踢球的；前行的，倒退的，还有左右摇摆扭腰的；打拳的，练功的，柳树背后亲嘴的……这一切热闹的场面会让你目不暇接。看来，永清湖的确是人们休闲的好去处，家乡的公园、家乡的风景就是家乡的生活写照。

永清湖的岸上人流如注，城管人员认真巡逻着。当我看到这激动人心的场景时，心里默默地想，要是能从这里混进去卖玉米，兴许还卖得快。我这人说风就是雨，便急急忙忙地赶回家，煮了一大锅自己家种的玉米。把自己从头到脚特意打扮了一番，将煮好的玉米装在一个透明保温的箱子里，在玉米上面捂了一层薄膜，这样既干净又保温，还容易让顾客看清我要卖的东西。如今的社会很现实，不管里面怎么样，包装很重要，尤其是城里人讲究得很。而后我把装好的玉米架在自行车上，推着向永清湖人多的地方奔去。

玉米棒对农村人来说是家常便饭，但是对城里人来说是稀罕的零食。我偷偷地向四周环视了一下，没有发现城管人员，便放声吆喝起来："卖玉米啰——卖玉米啰——刚出锅的热玉米……"一个劲地连说带喊，此时发现那些平常爱整大人的小孩已不安分了，他们听见我的叫卖声便撒起娇。有的抱着爷爷的腿指着要玉米，有的摆着腰身扭着屁股嚷着奶奶，有的哭丧着脸拽着爸爸的手，有的抱着妈妈的胳膊噘着嘴，还有的……当我看到那些小孩整着家人要玉米的样子，说实话，我偷着乐了。于是我就故意吆喝起来，我的朋友和同学有的在这里散步，他们听到我的声音也朝我这边撵来。顷刻间，顾客们好像跟约好似的，一个挨着一个纷纷向我这边涌来，尤其是那些小孩们，各自拽着大人们的手争先恐后地往我这边挤。他们连蹦带跳的样子活像刚出洞的小兔子，可爱极了。此时的我忙得不可开交，既装玉米又找钱，可心里甜滋滋的，一股股暖流从心里散发到全身各个经脉。眼睛不停地环视着城管人员，嘴里不停地吆喊着："卖玉米啰，刚出锅的热玉米……"买去的人一尝好吃又接着来买二遍，还有的笑着对我说："你的玉米真好吃，一是煮得烂容易消化，二是新鲜干净，吃到嘴里真有玉米的味道。""呵呵，这是自家种的，随掰随煮。"我笑着对他们说。

做生意啊全凭靠运气，运气来了，臭狗屎都能卖成钱，运气一旦不来，就是珍珠玛瑙也没人瞅上一眼。当我把玉米卖完时，我装钱的小包胀得鼓鼓的，忍不住朝包里一望，花花绿绿的钞票横七竖八地躺在包里，此时此刻的我像个小孩情不自禁得手舞足蹈。

仰望天空，湛蓝的天空清丽如洗，我的心情更加爽朗，此时，我觉得永清湖比白天美了百倍。因埋头忙碌不知不觉夜幕已悄悄降临，永清湖变成了灯的海洋，光的世界。四周闪烁的灯光像五颜六色的烟火，这里面有椰子灯、海鸥灯、霓虹灯等。海鸥灯远远望去犹如正在展翅飞翔的海鸥，各式各样的霓虹灯光彩夺目，如同盛开的各色花朵，它们好像和草坪上正鲜活的花朵争奇斗艳呢！

湖的周围被一盏盏灯光照耀着，怪石嶙峋的假山和形态各异的亭子以及美丽的花草树木倒映在湖水里，好像是人们特意将它们镶嵌在湖里似的，银光闪闪，十分动人。

　　永清湖公园最亮丽，最引人注目的是绚丽多彩的音乐喷泉。一曲婉转悠扬的《梁祝》拉开音乐喷泉的序幕，千万条水柱同时喷起来时，先探出小脑袋摇摇摆摆，接着就扭着腰身开始卖弄起来。最先起来的像小树在风中摇曳，突然，又以很快的速度，像正月十五晚上的烟花腾空而起，又像一道道色彩缤纷的彩虹。喷泉随着音乐节奏的舒缓轻柔与激越顿挫、高低快慢不停地变换色彩和形状。仰望喷泉，随着音乐喷起五颜六色的水雾，给清爽怡人的秋夜增添了绚烂的色彩。音乐时快时慢，水雾时缓时急变换着光影造型，与水中的光影交相辉映。喷泉有时直冲而上，有时交叉喷射，高低错落有致。迷迷蒙蒙的一片，既像柳絮纷飞，又像细雨飘落；既像金龙凌空而飞，又像银蛇狂舞。时而舒缓悠扬、时而高昂激越，此情此景，可谓是"倒喷三层雪，散做一盘珠"，不由使人想起"喷珠屑玉水澜翻，孕鲁育齐相鼎峙"的绝美诗句来。

　　远远望去，环城路上一串串明亮的车灯，如同闪光的长河正在奔流。路的两侧花灯高照、霓虹闪烁，整齐划一，川流不息的大小汽车灯光闪动，让人觉得是美丽的银河从天而降。巍峨的西吉大饭店及周围楼房彩灯闪烁，勾勒出一幢幢轮廓雄伟的建筑。

　　五光十色的霓虹灯把永清湖的夜装扮得比白天更美丽，更迷人。我不由自主地赞叹：啊，晚上的永清湖真美！人们卸下白天的忙碌疲劳，轻松写意地踱步于这光与影的世界，这明月朗照的净地，什么也不去想，全身心都陶醉了。

　　多么明亮，多么热闹，多么惬意！

　　我爱永清湖，更爱傍晚的永清湖，最爱那些帮我销售玉米的顾客们。

金辉下的家乡

那是一个晴朗的下午，阳光温柔地照着大地，我准备去趟娘家。

刚从公租房门里出来，我就碰见邻居马发妹抱着一大抱衣服随手扔进了垃圾箱。我看见那些衣服都好好的，有几件跟新的一样，就抬头不解地问："这些衣服还能穿，你咋扔了？"她看了我一眼，微微一笑说："搁在家里没人穿，放着占地方，不如扔了。"我"哦"了一声再没说什么。

我向前走了几步，又不由得停下脚步，回头看了看那些被扔掉的衣服。此时，衣服的主人已不见踪影，那些衣服灰头土脸地躺在垃圾箱里，无人过问。我觉得有些可惜，想把那些衣服捡回来送给家庭困难的人，但又怕别人看见了笑话……犹豫了一会儿，由于虚荣心作祟，最终还是决然走开了。

我一边走一边想，脑海中时不时闪现出自己曾经寒酸的一幕幕来。记得那时候，家里穷得吃了上顿没下顿，哪有钱给我买衣服？我穿的衣服全是哥哥姐姐穿过的，就像别人嚼过的泡泡糖似的无味。衣服被他们穿得连颜色都褪了，母亲就给我打个补丁，让我接着穿，看衣服上补丁摞补丁，母亲说："新三年旧三年，缝缝补补又三年。"但我心里很不是滋味，竟然还出现了一些稀奇古怪的想法，也许我不是母亲亲生的吧？不然，怎么给我穿的老是旧衣服。只有走亲戚家时母亲才给我穿上那套锁在箱子里的新衣服，平常根本不让我穿。到了第二年，我长高了，新衣服短了，母亲就给我接上一截布，让我继续穿。时间真是快啊，现在，我家娃娃的衣服一人就有好几套，把布衣柜都撑破了，可能是小时候受过罪的原因，无论哪件我都舍不得扔掉，将它们叠好，送给比我更困难的人家。

不知不觉间，我已来到小村口。漫步在乡村的路上，欣赏着路边的风景，我的心情陡然明朗起来。一条柏油马路直通娘家，路边花红草绿，空气清新。一辆辆小车、摩托车、电动车在我眼前疾驰而过，还有好几个是漂亮的女司机。我不由地感慨道：农村发展变化真大，连女人都开上了小轿车！

我进屋不到十分钟，嫂子就端着饭笑眯眯地走进来，还上了四道菜。看到嫂子做饭这么快，我笑着说，你梦见我今天来，提前把饭做好了吧。嫂子呵呵一笑说，没有的事，面条是我提前做好的，搁在冰箱里，太阳灶的水早开了。现在做饭都是电锅，快得很。以前做一顿饭把人难死了，烟熏火燎不算，还费时。之后，嫂子眉开眼笑地说："我家的两头牛各自下了一头牛犊，我又能挣一千元了，还有国家给的珍珠鸡也长大了。""一千元？谁给你啊？我问嫂子。国家啊，如今养牛羊的人，国家都给补助。给自己家养，也给补助？"我惊讶地问嫂子。"是啊，是啊，这些政策都实行了两三年了。另外，我家最近盖的牛棚羊棚，还有刚刚盖成的这排新房子，都在国家的扶贫项目内。"嫂子边说边笑，脸上的涟漪一圈儿一圈儿的荡开。

看到嫂子的幸福样儿，思绪又将我拉回了从前。小时候，母亲常常给我们做的是莜麦面浆水饭。那时没有磨面机，每当磨面时，我们抱着条棍，在石磨子旁一圈一圈地转，如行二万五千里长征，累得满头大汗。面粉像雪粒一样扑簌簌地从磨缝里流出来，落在磨台上，然后我们小心地用簸箕将面粉装进袋子里。石磨子磨地面粉比较粗，吃在嘴里感觉扎嗓子。看见母亲每天做这样的饭，我不由得皱眉努嘴，不想端碗，一个劲儿地抱怨母亲咋不换个口味，老是让我吃这个，我早都吃腻了。母亲说，白面本来就不多，留着招待亲戚和过节吃。现在要是吃了，亲戚来没啥吃丢人很。于是，我就每天渴望家里来亲戚，来了亲戚我就能吃顿白面饭，解解馋了。

记得有一次，母亲不在家，姐姐做饭，叫我给她烧锅。那时烧火的是干牛粪，一个破旧的老风匣没气，我伸手一拉，呱哒呱哒地干响，灶膛里的火烧不旺，我姐没办法往锅里下饭，就把我吼过来唬过去的，看到她凶巴巴的样子，我委屈极了，泪水溢满了眼眶。还有一回，我双手捏着胡麻柴烧，柴不好好着，灶膛里的黑烟黄烟直往外冒，熏得我眼泪直淌，姐姐站在一边又一个劲儿地抱怨，我就慌乱地趴在灶火眼前用力吹火，突然，火星子喷出来把我的眉毛和头发燎焦了，一股毛骚味立马在屋内弥漫开。姐姐的手指头在我头上狠狠戳了几下，瞪了我一眼骂道，笨死了，连个锅都不会烧。那当儿我恨透了姐姐，现在想想，都是一个穷字给惹的。

时光在我漫长而又苦难的岁月里悄悄溜走，如今城乡建设日新月异，农村城镇化，城乡一体化，目之所及到处一片繁荣景象。村里家家红瓦房，铁大门，还有好几家人盖起了小洋楼，人们的生活蒸蒸日上。村民们除了自己的不懈努力，还享受着国家的各种扶贫政策，给自家种地，国家还发土地补贴，退耕还林、振兴乡村等一系列惠民政策更是让农村生态和人文环境翻天覆地。

夕阳的余晖洒满了娘家小院，我蓦地发现有一抹金辉爬上了嫂子的脸，金灿灿的。

后 记

　　《苔花如米》是我写作生涯中第一本散文集，讲述的都是我熟悉的人和事，比如，我的奶奶、父亲、母亲、同学等。描写了像我一样生活在西海固地区的一些农村妇女形象，展现了农村人进城打工的平凡生活，以及我的亲身经历。

　　生活中有许多意想不到的苦难，尤其是生活在黄土高原上的农村妇女，生活赋予了她们太多压力，然而她们默默地承受了。但苦难并没有磨平她们对生活的热爱，这些勤劳而坚强的女人一直在努力着坚守着，想方设法融入新的家庭，融入现代社会，在社会的最底层摸爬滚打、顽强拼搏，诠释着生活的本真。

　　作品集的每一篇里都有我难忘的面孔，枣红的、黑褐的、布满灰尘的、爬满皱纹的……一张张被岁月侵蚀的，抑或是灿烂的，抑或是忧郁的。那勤劳、朴实、隐忍的平凡人生，还有对生活持有独特的豁达乐观无私奉献精神，给我最深刻的启迪和战胜困难的足够勇气。

　　我于2012年开始尝试文学创作，当时没想着一定要发表。我知道作品拿不出手，主要是排解内心的苦闷，记录自己的心路历程。想着等我老了以后，抱着孙子给他们讲我年轻时的故事，感觉那是一件很幸福很有意义的事。到那时，就会不由自主地想起很多人和事来，希望能在回忆中自我陶醉，寻求快乐感受幸福……

后来，因身体不好，我再也没有看书写字。直到2016年5月13日这天，中国作家协会主席铁凝风尘仆仆地来到我的家乡——西吉县，对中国首个"文学之乡"发展情况进行调研，启动了中国作协"文学照亮生活"全民公益大讲堂，并召开"文学之乡"暨基层作家座谈会。她指出，文学是西吉最茁壮的庄稼，西吉是中国文学宝贵的粮仓。铁主席以"文学照亮生活、生活照亮文学"为题，真诚地讲述了自己的创作经历，给文学爱好者上了一堂生动的文学课。质朴诗意的语言和丰富的创作经历使讲座高潮迭起掌声不断。铁主席通过切身体会，鼓励文学青年在创作时深入基层、深入生活，从生活当中挖掘创作的源泉。

我很庆幸自己能参加这个讲座，铁主席的每一句话都让我茅塞顿开，这些理念和经历是我今后创作中最需要的源泉和动力。这次活动拓宽了我的视野，丰富了我的生活，懂得了一些文学创作规律，使我受益匪浅。

当天下午，铁主席到我的出租屋来看望我。她一进屋就静静地凝视着墙壁上的一幅字画"文学点亮心灯"，目光深邃，脸上洋溢着赞许的微笑。然后，她转身对我说："小花，没想到在你这么小的房子里，还挂着这么漂亮的字画，让我感动！"随后她坐在炕沿边拉着我的手，侧脸看着我嘘寒问暖："你现在写些什么体裁的文章？大概什么时间写？几个孩子？大的多大？小的多大？都上几年级了？房子租金每月多少？电费和水费？……"每一句话都深深地触动着我的心灵，让我感到浓浓暖意。那种没有距离的心灵沟通，让我困顿在写作路上心扉突然打开，仿佛已经是山花烂漫的春天。我偎依在铁主席的身旁，高兴地不知该说什么，只是一个劲的傻笑。铁主席语重心长地说："小花，好好生活，照顾好孩子，照顾好自己，文学创作是一条漫长的路，得多看书，勤思考，就会越来越好！"我听着铁主席的话，不住地点头。

铁主席的到来，给了我文学创作的巨大动力，激起了我坚持文学创作的热情。从那天起，我重新拿起笔，走上了文学创作的道路。一篇稿子写成，就十分激动，不管语句通不通就立即发朋友圈，或投给网络平台。已经去世的恩师李进祥老师每次看到后，就给我留言：小花，一篇文章写成后不要急于发表，放一段时间，你再看就会发现有很多问题，文章要反复的修改，觉得实在是没问题了再投稿。

还有一次，我写了一篇《巧巧》的文章，投给了一家微信平台，平台注明《巧巧》是散文。李老师看到后，在微信上给我留言。他说："小花，你的这篇文章我看完了，内容还没写完，这是一篇小说，不是散文，你把内容写完修改好发我邮箱，我推荐发表。"我是写散文随笔的，一听李老师说我写的《巧巧》是小说，我乐得像个孩子。

从那天起，我就开始尝试写小说了，可由于阅读量不够，加之我急于求成的缘故，写的小说有很多问题，用词不当，文章内容太散，段与段之间不紧凑，文章内容太满，给读者没有留下思考的余地，文中的转换与过度有些地方不够严密协调，故事情节写的不细腻等等。李老师看了以后，他并没有批评我，而是耐心的指导鼓励我。他说过的话，我至今还记忆犹新。"小花，我知道你生活压力大，先过好生活，有空了静下心来先看别人是怎么写的，然后构思好了再动笔。叙述视角尽量保持一致，尤其初写者，单一视角好驾驭些。""不要太拘泥于自身经历了，这样容易有很多抒情性的内容，情绪化的内容，自身经历当然可以写，但据于此就狭隘了，小说的格局不大，要更多地关注社会。不过进步也很大，描述细腻，一些细节描写很好，方言土语的使用也不错。眼光放开些，你能写好。"听了李老师的话，我才明白，写作不可能一蹴而就，得靠慢慢的积累。在李老师悉心指导和不断鼓励下，那一年我连续写了好几篇短篇小说，比自己之前写的有所进步。

文学让我体会到三好：人好、景好、文好。爱好文学的人都是良善的，在我饱受磨难的岁月里，文学圈里的朋友伸出友谊之手，解决了我一些生活上的困难，减轻了我的一部分压力。我是通过文学才有机会外出了解社会，体验生活；才有幸乘坐火车、飞机、地铁、轮船，去北京、安徽、浙江、湖南、甘肃等地方，领略不同的风土人情；才有机会结识很多文朋诗友，品读他们的作品，汲取文学素养。这一切对我的写作是大有裨益的。

感谢中国文联、中国作协对我的关爱和鼓励。感激宁夏文联、宁夏作协、宁夏文学艺术院、固原市文联、西吉县文联、西吉北斗星文学、西吉万象等单位和领导、老师对我文学创作中给予的大力支持和无私的帮助。感恩在我举步维艰时，所有帮助过我的老师、朋友、家人！在此，特别感谢宁夏回族自治区新闻出版局和阳光出版社为我提供的珍贵机会；感谢为此书出版做出努力、付出心血的所有领导和老师，尤其感谢我的责编老师不厌其烦的帮我修改稿件；感谢在文学创作中帮助和支持过我的所有亲朋好友。

在心灵的成长历程中，在文学的创作道路上，在生活的风风雨雨中，大家给予我无限的关怀、无私的厚爱和无尽的温暖，有幸与各位相遇、相识、相知，是我人生中最大的精神财富，催生了散文集《苔花如米》的诞生，望大家多多批评指正。